Irgendwo in
diesem Dunkel

Natascha Wodin

暗影中的人

［德］娜塔莎·沃丁 著

赵飘 译

新星出版社　NEW STAR PRESS

Author: Natascha Wodin
Title: Irgendwo in diesem Dunkel
© 2018 Rowohlt Verlag GmbH, Reinbek bei Hamburg, Germany
Chinese language edition arranged through HERCULES Business & Culture GmbH, Germany.
Simplified Chinese edition copyright: 2022 New Star Press Co., Ltd
All rights reserved.

著作版权合同登记号：01-2020-5961

图书在版编目（CIP）数据

暗影中的人/（德）娜塔莎·沃丁著；赵飘译. ——北京：新星出版社，2022.4 （2022.5重印）
ISBN 978-7-5133-4787-7
Ⅰ.①暗… Ⅱ.①娜… ②赵… Ⅲ.①纪实文学-德国-现代 Ⅳ.①I516.55
中国版本图书馆 CIP 数据核字（2022）第 019734 号

暗影中的人

[德] 娜塔莎·沃丁 著；赵飘 译

责任编辑：	白华召
责任校对：	刘 义
责任印制：	李珊珊
装帧设计：	董茹嘉

出版发行：	新星出版社
出 版 人：	马汝军
社　　址：	北京市西城区车公庄大街丙3号楼　100044
网　　址：	www.newstarpress.com
电　　话：	010-88310888
传　　真：	010-65270449
法律顾问：	北京市岳成律师事务所

读者服务：	010-88310811　service@newstarpress.com
邮购地址：	北京市西城区车公庄大街丙3号楼　100044

印　　刷：	北京天恒嘉业印刷有限公司
开　　本：	889mm×1184mm　1/32
印　　张：	6.25
字　　数：	124千字
版　　次：	2022年4月第一版　2022年5月第三次印刷
书　　号：	ISBN 978-7-5133-4787-7
定　　价：	52.00元

版权专有，侵权必究；如有质量问题，请与印刷厂联系调换。

献给奥列格·多布罗兹拉科夫

致以感谢和爱

一

那是十二月的一天，狂风呼啸，阴雨连绵。灰色的云层在空中迅疾移动着，我开车穿行在一片空旷荒芜的弗兰肯丘陵地带。这个我度过大部分童年和青春期的地方，长久以来已经化作我生命中的一部分，此刻我透过车窗看到的景色却与记忆中几乎没有半分相似。狂风卷起颗颗硕大的雨滴砸在前窗玻璃上，车顶上空一片咆哮。

距离上次来这里已经很长时间了。我思忖着，不知那些我们曾经住过的"难民楼"——那片为过去的强制劳工建造的简陋的战后住宅区是否还在。住宅区坐落在雷格尼茨河畔，远在乡村小城之外。雷格尼茨河在二十世纪六十年代已经成了莱茵—美因—多瑙运河的一部分。开车经过时，我甚至没能一眼认出这里，定睛再看才发现其中的变化：住宅区消失了，至少现在我看到的景象与记忆中大相径庭，摆在眼前的是焕然一新、色彩柔和的建筑外墙和现代化的塑钢窗户，可以料想墙内是配备中央供暖和热水的公寓。不过，那片住宅区并没有被拆除，恰恰相反，它们被翻新整修了。虽然这在我看来很不真实，但现在这里属于城区，而且是一个生机勃勃的新建城区。如今，此地的居民向外看到的不再是一片荒野，不再是那片曾经横亘在我们与德国人之间的无人区，而是一个坐落在繁华街道上的购物中心。当年那个偏远的、仿佛与世隔绝般的地方已经变成一片普通的住宅区，融入了城市。而五六十年代我生活在这里时，这座城市对我来说还像是一颗遥不可及、只有德国人才能居住的星球。那时，我一心只想逃离难民楼。如今，在 1989 年，这里几乎已经面目全非，我感到，有些不知不觉融入我生命的东西也随之消失了。

我把车停在墓园前。我们下车后，妹妹失声大叫了一声，声音有些刺耳。沃尔夫冈、我的朋友海克和我沉默着。两分钟后，我们站到了太平间的窗前。我对这里的过往再熟悉不过了。在那里，我看到了那口敞开的棺材，父亲静静地躺在里面。相比他生前的最后几年，他死后的样子在我看来要自然、正常得多。

差不多到七十岁之前，他的身体一直很健康，几乎可以说好得出奇。然而，有一天晚上，他起身去洗手间时摔倒在了床边，再也没能站起来。父亲 1944 年和我母亲一起从乌克兰南部的港口城市马里乌波尔来到德国，作为强制劳工，在弗利克康采恩旗下一家军工厂工作。战争结束后的头几年，我们辗转于流离失所者（Displaced Persons）营地度日，后来终于在我刚刚开车经过的那片住宅区分到了住处。当时，这里是专门为过去的强制劳工建造的，后来，他们被美国占领区移交给德国当局，自此被称作无家可归的外国人（Heimatlose Ausländer）。在这里，父亲直到中风前一直跟东欧人生活在一处，在这座几乎没人讲德语的孤岛上，德语充其量只是一种世界语一般的辅助性语言，勉强帮助这些来自东欧各个地区、语言各不相通的流离失所者相互理解。在因中风不得不搬入养老院后，父亲生平第一次生活在德国人中间。但即使就住在德国人隔壁，他也成功做到了忽略身边的德语环境——此后他就这样过了十五年，仿佛这个环境根本不存在一样。在近五十年的时间里，他在德国学会的全部德语单词只有"要"和"不要"。这两个词足以让他表达一切。

妹妹住在很远的地方，每年和父亲见面不超过一次。除此之外，据我所知，我是他去世前唯一还会和他说话的人。我去看他的频率大约两周一次。他的房间配有盥洗盆和阳台，但他从不在阳台待着，因为他的眼睛已经无法远眺了。至于他是如何跟德国护理人员沟通的，我不得而知。自从母亲去世后，除了日常琐事，其他所有的事情，无论多么微不足道，他都需要我或妹妹给他翻译。十岁起我就不得不在各种机构帮他翻译，填写表格，建立一切他与德语世界之间不可避免的联系。自从他的生命被交到医生手上后，我更是几乎不敢离开住所一步，因为随时都可能需要我来翻译一场他和医生之间性命攸关的对话。

父亲出生于1900年，他一生都与那个世纪同龄。每次我在纸上写下日期时，最后两个数字便是他的年纪。但时间没有因为他的死亡而停滞。看着他的尸体，我眼前浮现出一幅杳远的画面，那是决定我们父女关系的关键场景。1956年10月，我十岁，母亲在雷格尼茨河自溺而亡。那时，父亲并不在家，而是正在跟他当时驻唱的俄罗斯哥萨克合唱团一起巡回演出。相关部门寻找他未果。在他下落不明期间，他年轻妻子的尸体就这样躺在冷冻室里至少两个星期之久。我几乎放弃等他了。就在他似乎彻底人间蒸发时，有人在西班牙某个地方找到了他。当时我正在外面，听到有人大喊着找到他了，我立刻拼命飞奔回家。除了他和我四岁的妹妹，这世上我再没有其他亲人了。因为没有钥匙，他就站在公寓门前的楼梯上，戴着帽子，穿着紧身收腰的府绸外套，行李箱放在地上。当时，我想，既然他的妻子不在了，作为长女的我就是他生命的中心，他的首要精神支柱，要和他一起分担、商量所有重要的事情。我上气不接下气地扑到他怀里，然而，仅仅一秒，我便反弹般从他身边离开——离开他身上那件闪着绿光的府绸外套，也离开他看向我时没有任何表情的呆滞面容。他站在楼梯上等的并不是我，而是钥匙。他一言不发地从我手中拿走钥匙，开了门。

记忆中的下一个画面，是他坐在厨房里不停地抽烟，一支接一支，一夜又一夜。当他呆望着自己吐出的烟雾时，我知道他在想什么。他必须再去巡回演出，因为除了唱歌他没有别的赚钱法子，也不知道该带着我和妹妹去向何方。妻子撇下他独自一人，留下两个孩子，让他变成了自杀者的鳏夫。他，一个五十六岁的男人，一个在德国一无所知的异乡人，不知该何去何从。我穿着睡衣站在漆黑的走廊里，透过钥匙孔看向厨房。

我看见父亲坐在桌边，手上拿着黑色的烟嘴儿，不时放在嘴边吸着。他眯起眼睛吸了一口，屏住气息，又缓缓把烟吐了出去。他就那样坐在一团灰色烟雾中，如同狮身人面像一般纹丝不动，而在他额头深深的沟壑背后，我的命运已经被决定了。

自打记事起，对我来说，作为父母的孩子就像一个诅咒，如影随形。我不想属于这个与世隔绝的世界，不想属于异乡人，不想属于这群蜗居在城市背后的社会弃儿，人人避之不及，蔑视有加，成为随便一个不知从何而来的渣滓。我想有一对德国父母，想住在一幢德国房子里，想叫乌苏拉或者苏珊娜。如今，在父亲做下一个决定之后，我竟然不可思议地离这个愿望近了一步。

他在两个老妇人那里给妹妹找到了住处，她们住在河边一栋魔法小屋一样的房子里，是唯一还住在我们街区后面的德国人。勒纳太太患有心脏病，身材臃肿。她有一双水蓝色的眼睛，以前我母亲每次隔着篱笆跟她聊天时，她都会为儿子掉眼泪。她的儿子当上了牧师，住在自己的教区，离她很远。她那身材矮小、形容枯槁的妹妹库妮是个老处女，走路弯腰如弓，就像要用鼻子犁地似的。父亲是如何告诉她们，他想把一个女儿交给她们的，我不得而知。

也许是他从住宅区带了某个人帮他翻译，也许是两位富有同情心的基督徒女人无须言语就理解了这个俄国鳏夫。不管怎样，他打包了一个纸箱，把我妹妹送到了河边这栋偏僻小屋里。妹妹很疑惑，她不明白母亲已经死了，不会再回来了。

我的落脚处是父亲通过一个曾与母亲交好的俄国女人找到的。她不属于我们中的一员，而是和她的德国律师丈夫住在花园大街上一幢精美的房子里。母亲在世时会不时去拜访她，直到她的律师丈夫为了维护自己的声誉而禁止她与难民楼的居民来往。不过，很显然父亲还敢去找她，至少在她的介绍下认识了一位德国战争遗孀，同意在收取适当抚养费的情况下收留我这个俄国孤儿。

德雷舍尔太太的家位于新建城区，就在那些首批配备电梯和彩色阳台的未来派高层洋房中。她身材高挑瘦削，总是穿着一件围裙罩衫，每周六都会去做水波纹卷发造型。她的女儿罗特拉特是个性格冷淡、言语刻薄的漂亮姑娘，总是不断被德雷舍尔太太灌输应该如何对待她那位前途光明的年轻工程师男朋友，好长久地留住他。罗特拉特总是一边嘴里"呸"一声，一边用珠光指甲油涂着指甲，或者对着镜子挤粉刺。德雷舍尔太太的儿子伯纳德身材矮胖，跟我一样十一岁。他的笨拙让他人如其名——活像一只圣伯纳德犬。

在德雷舍尔太太家，每天的晚餐都有一道叫作开放式三明治的食物。我不认识这个单词，也从未见过类似的东西。切得薄薄的面包片等分为四份，上面放上香肠、小黄瓜、奶酪、鲑鱼片或者撒了香葱的水煮蛋。在我家，餐桌上永远只有罗宋汤和其他加了面包块的浓汤。即便是我在收容战后营养不良儿童的疗养院里见过的德国菜，也无法与德雷舍尔太太做的开放式三明治相提并论。单单是它的卖相就让我胃口大开，这种感觉从未有过——对我来说，它们代表了真正的德式生活。我把三明治一个接一个塞进肚子，总也吃不够。然而，没过几天，我就清楚地感觉到了其他人异样的眼神，德雷舍尔太太告诉我，我父亲付给她的钱已经不足以支付被我吃掉的食物了。一直以来，我总是被告诫要多吃点，因为我太瘦了，现在我又了解到，吃太多是不得体的。此后，我那份开放式三明治分量变少了，但好胃口并不是我身上唯一令德雷舍尔太太不满的事情。父亲支付的钱完全不够抵消我给她带来的不便。此后一生中，我耳边不断萦绕着她那句话："人们一眼就能看出，你来自哪里。"这句话一针见血地击中我耻辱的要害，并一次又一次戳破我的希望：也许在我身上，出身难民楼这件事并不明显。

我不仅"吃掉"了德雷舍尔太太每周烫水波纹卷发的钱，我还顽皮、懒惰、不受管教，一开口全是谎话，我荒废功课，而且，当我早上要和伯纳德一起脱掉衣服洗澡时，我总是扭扭捏捏。德雷舍尔太太把我这种羞赧视为道德败坏的迹象。她总用那双战争遗孀结实的手掌扇我耳光，我不得不多次用俄语给父亲写信，以德雷舍尔太太的名义要求他要么汇来更多抚养费，要么立刻把我接走。那些信是通过一家演出经纪机构转寄出去的。父亲没有回信，他似乎再一次人间蒸发了。直到有一天，他毫无预兆地出现在我面前，依旧穿着那件府绸外套。他没有脱帽，任由德雷舍尔太太愤怒地抱怨和责备了一通，然后一言不发地接过装有我行李的箱子，把我带到了城市孤儿院。

我眼前浮现出一道生锈的铁丝网围栏，一个冰冷巨大的洗手间，里面有很多水龙头，以及我穿着丑陋棕色系带鞋的双脚。我看到那双脚一直在奔跑，不知道缘由，也不知道方向，但我还记得，当时脑中想的是我必须要穿黑色的鞋子，因为我的母亲去世了。每当有人去世时，人们都会穿黑色的衣服，然而我一直穿着狂奔的那双鞋子，是棕色的。

我也不能在孤儿院待很长时间，因为我不是一个完全的孤儿，我还有父亲。过了不知多久，他不得不再次把我接回来，紧接着，收留我妹妹的勒纳太太因为心脏病发去世了，留下佝偻的库妮独自一人，她几乎已经自顾不暇，更不用说再照顾一个孩子了。所以我妹妹也失去了她的容身之处。父亲又开始一夜接一夜地坐在厨房里抽烟。

这次，勒纳太太那位天主教牧师的儿子对我们伸出了援手。他在主教城市班贝格有些关系，帮我和妹妹在一个天主教女孩教养院找到了落脚处。那里由一群修女运营，她们称自己为神圣救赎主修女。自此，在古老沉重的修道院墙背后，我们与世隔绝了近五年。

想起这些时，我正站在玻璃窗前望着已故的父亲。我知道这不符合现代德国葬礼的规矩，但我还是按照俄国习俗，让人把他的遗体用一口敞开的棺木安放在灵床上。殡仪馆受我委托，不明就里地让活着时已遭受无数暴力的他死后仍然受到约束。过去父亲每天都把胡子刮得干干净净，直到生命的最后几个月，因拿不住剃须刀，他的嘴巴周围才长出了一层薄而杂乱的胡须。他胡须上有两团白色污迹，这解释了为何他的遗容如此滑稽。它们一定来自他口腔中的填充物,他的嘴巴已经是一个无牙的空洞,吸入最后一口气时嘴唇也被吸了进去,而这个小麻烦并未被仔细处理。他的嘴巴嘟起,嘴唇在口中填充物的支撑下皱在一起,看起来就像一个蠢笨的小孩正准备对着人发出扑哧怪响。

他身上穿的衣服是我为他挑选的:深蓝色节日西装、白色衬衫和银灰色领带。他总是在隆重场合穿这一身。这套衣服已经不合身了,他那瘦到快看不见的身体淹没在滑落的外套堆起的褶皱中,从衬衫的立领中可以看到他又细又皱的脖颈,像一只被拔光毛的鸡。他的四肢似乎在被送往墓地的途中变了形,整个人歪斜扭曲地躺在褶皱彩纸装饰的木箱子里,双手交叉放在覆盖身体下部的白色混凝纸上。从这双手中,我看到了自己童年和青少年时期父亲的影子。过去几年间,这双手几乎连水杯都握不住,此刻的样子更让人想起一双层叠褶皱、轻若无物的苍蝇翅膀,然而,即使这副模样,这双手仍然勾起了它们曾经带给我的恐惧。

童年和青少年时期,我曾强烈希望父亲死掉。我想象过,自己如何暗中把他推进母亲自溺的那条河里,如何下毒或者用刀刺死他。我眼前浮现出他年老体弱又瘫痪的样子,生死任由我掌控。如果有一天他变得虚弱无助,需要依靠我,我会毫不留情地任他毁灭,就像他曾经对我那般。

后来,我长大成人,每个月会去养老院看他一两次。他瘫痪了,虚弱了,衰老了,他的生命完全掌握在护理他的那些人手中。现在再杀死他已经没有必要了,还不如干脆把他抛诸脑后些时日。那些他落在我身上无数次的拳头,现在只一拳就足以要了他的命。只要给他停药一天,他的生命就会走到尽头。

但是没有人帮他行这个好。没有人把他从那副行将就木的身体的痛苦中拯救出来,也没有人帮他从生命最后那段不成人样的日子中解脱出来。一个像《圣经》中所载、长寿到可怕的白发老人[①]——仿佛死亡是人类的最后一个弱点,而正是这个弱点让一直鄙视软弱的他无法获得救赎,他要忍受着这份软弱直到最后一刻。就好像,他因为某事被逐入了尘世,好像他犯下了罪孽,注定要活到一个非人般的年纪——仿佛他必须活到我母亲若还活着时自然死亡的年月,仿佛他活这些年就是为了接受惩罚,以弥补她太过短暂的人生。母亲去世时,他差不多已经是个老年人了,而三十年过去了,他依然活着。近一个世纪的时间就这样融入他日渐瘦小的身形,融入他枯萎僵硬的身体。生活将这副躯体磨炼得如此坚韧,以至于他无法死去。有时他会让我想起米哈伊尔·布尔加科夫笔下的本丢·彼拉多,那个独自坐在宇宙某处石头宝座上的人,从不睡觉,永远凝视着月光。

父亲所在的养老院是一座巨大的六层混凝土建筑,属于新教教堂所有。养老院坐落在一个典型的战后聚居区里,那里的街道名会让人想起沦陷的德国东部,比如布雷斯劳大街,加里

[①] 此处作者将她的父亲比作《圣经》中的人物玛士撒拉。据载,玛士撒拉活了九百六十九年,后成为西方长寿者的代名词。——译者注

宁格勒大道，什切青大街。从大门的装饰上就可以看出当下的时节：狂欢节，复活节，感恩节，圣诞节。一切都是那么明亮而充满现代气息，一切都光芒四射。所有房间都有冷热自来水，大部分还带阳台。父亲从未在如此奢华的地方住过。养老院还有一个地窖酒吧、一间活动室和一个小教堂，人们可以参加讲座，听民间歌曲音乐会，但他对这些都视若无睹。只有在去餐厅和洗手间时他才会离开自己的房间，在他尚能自理的时候。

我从不知道，他是否在意我来看望他，还是对此已感到厌烦。他坐在垫着枕头和尿布的沙发椅中，瘦小而苍白，沉浸在自己如冰碛地貌般的破碎躯壳中，似乎从中听到了时间无尽的嘀嗒声。他对整洁和秩序的要求近乎偏执，这种偏执一直折磨着我们，先是母亲，后来是我。他一直要求我们遵守那种模范的德国秩序，而他对此的了解也只是道听途说——如今命运却讽刺地让他搬到了这个地方，在这里，他对德国的一切想象都被颠覆。在养老院一尘不染的外墙之内，他却身处一片尘污之中。蒙灰的家具，陈年未洗的窗帘，满是污渍的地毯，爬着鼠妇虫的盥洗盆……对像我父亲这样的人，这里似乎无人负责。他的情况难以界定，虽然十分衰弱，但又没有衰弱到需要被移动到护理站。就好像，这里的人们已经把他彻底遗忘，又好像，他虽然活着，死亡的气息却已经将他包围。

尽管他的日常生活只剩下一组最基本的手势和行动，而且绝大部分时间他都坐在沙发椅上，但这些日常似乎仍然需要他付出超人的努力，目的仅仅是为了活着。他近乎失明，主要依靠声音来辨别方向。有时在我看来，他费力去听的其实是自己身体内部的声音，那些器官发出的噪音，一台行将报废的机器最后运转的声音。

我仍然恨他，但我更同情他。这种感觉好像身体内有盐酸在灼烧，又像在发烧，我疲惫不堪。无论距离多远，他的痛感都像地震仪脉冲一样悉数传到我身上，我的身体会感知到他哪里正在疼痛，同样的疼痛我在自己的器官和组织中也会感觉到。好像他最终还是赢了我，如愿以偿地使我屈服了，曾经他用暴力没能做到的事情，如今却好像靠着这份虚弱和凄凉做到了。从前我最不愿成为的就是他的孩子——现在我却无法忍受他比我还虚弱这个事实，无法忍受他变成了我的孩子，而我再也无法当他的孩子。长久以来，我不断对抗着身体上的种种问题，对抗着虚弱，要想在这方面超越他，唯有死亡。

而且，由于我越来越陷入这最后的虚弱，它到头来终究又会使我变成他的孩子，我便再次像以前一样，幻想起他的死亡。我幻想用枕头捂住他的头，使他窒息而亡，这样我就不必再旁观他的痛苦，也好摆脱我那自怨自艾的同情心。许多个夜晚，我清醒地躺着，还在和他斗争——我是为了自己活下去跟他斗争，就好像他并不是一只濒死的飞蛾。在我的梦中，他总是以崭新而怪异的形象出现，就像一具又重又烫、从头到脚都缠着绷带的躯干，我不得不把他抱在怀里带下楼，如果任其摔落，他就会粉身碎骨。在我看来，他就像一个张牙舞爪的邪恶侏儒，躺在一件集便壶和担架功能于一体的怪异家具上，把他抬进我家，就是为了对我展开审判。

我总是在天黑后去看望他,这样就会有人陪同,而且我总是宁愿自己爬上五楼,也不坐电梯。因为我害怕自己可能会困在电梯里,在最后一刻仍然永远陷于他的囚禁之中。

二

在修道院的那几年里，我几乎忘了，在外面世界的某个地方我还有个父亲。从出生那天起，我就一直为世界所孤立，但现在，我身边还有这个超然的王国，这里只有寝室、斋堂、自修室、十字架念珠、弥撒和大弥撒，生活充斥着祈祷练习和无尽的祷告：起床后祈祷，在小教堂的晨祷中祈祷，早餐前祈祷，早餐后祈祷，第一堂课开始前祈祷，课间休息时祈祷，放学后祈祷，午餐前祈祷，午餐后祈祷，午睡前祈祷，午睡后祈祷，学习前祈祷，学习后祈祷，晚餐前祈祷，晚餐后祈祷，在小教堂的晚祷中祈祷，睡觉前祈祷。在此期间，还要在内心不停祈祷，每个人都要向天父祈祷：请您宽恕我们的罪孽……是我的过错，我应受谴责，我应负责任……罪孽，无休无止的罪孽。以前我并不知道，从出生起我就有罪，而且，我们必须不停祷告，因为一旦祷告有了空隙，撒旦就会钻过其中控制我们。我陷入了罪孽的牢笼，在这里，人们无法像服刑那样消减自己的罪孽，而是不断把罪孽吸入体内，就像吸入铅室中的有毒气体，直到窒息。即使晚上入睡之后，依然能听到罪孽在房间中游荡的声音。一位已故的修女违背了她恪守清贫的誓言，自己留下了礼物，而没有将它们上交给圣殿，她一夜又一夜回来寻找她藏在房中各处的罪恶之物。墙壁籁籁作响，未被救赎的灵魂轻声啜泣，悲叹。

十一岁的我被分到了玛丽·约瑟夫修女带领的大童组，她红脸蛋，胖胖的，所有人都害怕她。一代又一代教养院的孩子不知感恩，折磨坏了她的神经，至少人们是这样解释她那易怒暴躁的脾气的。我对她那双灵活的、像弹簧一样的手恐惧不已，就像过去害怕父亲的双手一样。有时她会用音乐室里的物件，比如三角铁或拨浪鼓敲打我们，手边别无他物时，她就动用那一长串绕在胸前的、由沉重的木珠串成的念珠，那是一件现成的惩罚工具。

而且，斋堂中也会时常传来肢体冲突的动静。修女们不仅殴打学生，还会互相折磨。她们似乎都对彼此恨到了骨子里，人们能听见她们互相推搡、践踏，那些尖叫声听起来就像是她们撕下了对方的头纱，拉扯彼此的头发。也许她们中的大多数人并非自愿来修道院的，她们只是出身穷苦，家里无法养活那么多孩子，才把其中一个献给了上帝。如此，既少了一张嗷嗷待哺的嘴巴，又能在有朝一日去世后，有望获得通往天堂的优先权。一举两得。

周末和节假日时，其他女孩可以按规定轮流回家，在复活节、圣诞节以及延长的暑假期间，修道院里空荡荡的，只有我和格雷特——一个患有唇裂和喘鸣的孤儿，一直在那里。我妹妹当然也在，但是我见不到她。我俩来到这里后，很快就被分开了，她进入小童组，我去了大童组。两个年龄段之间禁止互相接触，显然，修女们害怕无政府主义者造反，也必须保护小孩子们不被大孩子带坏。所以我也渐渐淡忘了妹妹。有一次，我们在一条长长的走廊上相遇了，她便哭了起来，紧紧靠在我身上，但我还是设法尽快甩开了她，因为我害怕玛丽·约瑟夫修女的惩罚。每一天，我们都胆战心惊，害怕她的坏脾气，害怕她对我们动辄施以惩罚，这些惩罚如同一股不可抗拒的自然力量，随时会落在我们身上。

生活有时也很美好，比如我们表演戏剧或者唱歌时。某个星期天，或随便一个节假日，早餐有可可，阳光透过餐厅里高高的、满是灰尘的窗户照进来，我们唱着：赞美主，强大的荣誉之王……我的声音与其他德国孩子的声音一起流淌，汇成了一首欢快而令人陶醉的赞美诗。

一年里有两三次，我会收到一张父亲寄来的彩色明信片。玛丽·约瑟夫修女会在转交之前拆阅所有来信，她命令我把明信片的内容从俄语翻译成德语，尽管我实际上真的做不到，因为我的俄语也几乎忘光了。在玛丽·约瑟夫修女怀疑的目光下，我费劲地辨认并翻译出了那些无关紧要、毫无意义的句子，她不愿相信，我父亲没有给我写点更重要的东西。我把这些明信片保存在储物柜里，时不时拿出来看看。在一个叫巴黎的城市中矗立着一座埃菲尔铁塔，一位弗拉门戈舞者的裙裾上飞扬着红色的荷叶边，某处海边的沙滩上到处是沙滩椅和穿着泳衣的人们。父亲就在那个遥远世界中的某个地方，那个世界对我来说是如此遥不可及，我原以为自己一辈子也不可能亲眼见到。

如果说一直以来我身上异类的一面在于，我不是德国人，那么现在则变成了我不是天主教徒。我只会俄罗斯东正教的画十字方式，不能进行忏悔，好让罪孽得到宽恕。清晨弥撒时，其他人上前去领圣体，我则独自一人留在长椅上。我从来不会成为一个基督教白人小姑娘，甚至不知道自己有没有受洗过。非德国人只是我在人间受到的诅咒，非天主教徒则是永恒的诅咒，因为只有天主教徒才能上天堂。对我而言，只有无止境的堕落，日复一日，年复一年，甚至在睡梦中，我也觉得自己在不断堕入地狱。

这种堕落的终结要归功于一起发生在父亲身上的悲剧。他失去了声音，失去了他最宝贵的、事实上也是唯一的财富。在他还是个小男孩的时候，他就在家乡的教堂合唱团里唱歌。他于沙皇时代出生在伏尔加河畔的卡梅申市。后来，在战后德国，他第一次靠自己的歌声赚了一些钱，这才养活了我们。据说是一杯冰凉的红酒毁了他的嗓子，但我知道他一直是个酒鬼，所以我不确定，到底真的是因为那杯红酒的温度，还是因为他饮酒过量才导致了这起悲剧。无论如何，他不再四处巡演了，所以把我和妹妹带回了自己身边。

他在俄国时就已经有酗酒的问题，德国的生活也没能治愈他。此外，我记得以前他在巡演间歇回家时，曾对母亲讲过他与其他合唱团成员发生过几次口角。他的酒瘾似乎与一些神秘事件之间存在着某种模糊的联系，这些秘密埋藏于我出生之前的那段生活中，埋藏于他在另一个共产主义世界的过去中。我从未听父母谈起这段过往，只是偶尔能听到一些我不理解的暗示，但每次我都感觉到，在这片暗影中的某处，他们生命的关键就隐藏于此。从一开始，一切似乎都围绕着这个秘密展开，并且因为真实发生的事情无法用言语表达，所以在我们家，总是一切都无法言说，哪怕是最简单、最无关紧要的真相，也像毒药一样，绝对不能谈及。对我而言，唯一肉眼可见的真相只有母亲眼中的惊恐，这种惊恐似乎与日俱增，直到她终于不再开口说话，只是呆坐在椅子上，目光空洞，直至自沉雷格尼茨河。

在所有这些缄默中，父亲回来的原因也隐藏其中。也许他在苏联那段过往中有什么糟糕的事情暴露了，也许他因此被踢出了合唱团，也许往事终于让他尝到了苦果，连同酒精一起剥夺了他的生计。又也许他只是厌倦了多年的四处巡演，也许他的声带松弛了，这对于一个年逾六十的男人来说也很正常。他先是失去了妻子，而后又失去了声音，我根本无法想象他没有声音的样子。嗓音一直是他最重要的东西，是他的命根子，他的资本，没有声音的父亲根本不是我的父亲。退出合唱团后，我再也没听他唱过歌，直到他住进养老院。在那之后，他曾有两三次试着用薄弱沙哑的嗓音唱过一首老歌，那是母亲在世时我们经常在家唱的歌曲之一。随着她去世，那些歌也永远沉寂了。

玛丽·约瑟夫修女在告别时松了松我的外套腰带,因为突出腰身是不得体的。在大街上,当那扇沉重的大铁门在我们身后关上时,我立刻把腰带系得紧到不能再紧。只一秒钟,所有的优雅都离我而去,连同所有的罪孽、所有的神圣承诺以及所有对地狱的恐惧。我已经死去五年了,现在我和妹妹还有父亲——一个古铜色皮肤、脚踩精致鞋子的陌生男人,最后一次走下班贝格主教山,最后一次穿过城市中那些被香火气浸淫的灰色小巷,这座城市就像一座用永恒之石建造的巨大陵墓。我逃离了。那年我十六岁,手中提着行李箱,在我面前的是未知的生活,是我在外面世界中的未来。

我们回到了难民楼中的旧公寓,这是德国人对我们雷格尼茨河边的住宅区的称呼。也许这么叫是为了区分我们和吉卜赛人,他们住在更远处的木棚屋中,一片干涸的运河盆地上。吉卜赛人比我们还要低人一等,我一想到他们就心生畏惧,可能就像德国人对我们的感觉一样。

父亲以前曾作为强制劳工在弗利克康采恩工作,此后他一直拒绝再为德国人打工,后来找到了一份造纸厂的工作。他不再是那个环游世界,在大型音乐厅演出,还下榻酒店的体面人,而是成了一名辅助工人,就像大多数难民楼里的人一样,德国政府也不必再为他们支付任何救济金。蓬勃的经济奇迹让他们再次成为供不应求的劳动力。第一辆汽车停在了院子里,第一台电视机在一户人家播放了起来——邻居们都排着队想对这神奇的机器一看究竟。

每周三父亲上晚班,我就在那天晚上打开收音机听弗雷德·劳赫[①]的点歌电台:《巴西吉他》《狮子今夜入睡》《我们想要永不分开》。有时还会播放甲壳虫乐队的歌,他们在一个叫利物浦的英国小城发出了前所未有的风暴信号,或者猫王埃尔维斯·普雷斯利的歌,他用靡靡之音唱道:"我必须离开这个小镇吗。"以前,对于这一切,我一无所知。我只知道那些在修道院的日子里,某些星期天早餐时可以听到的民间音乐。

新班级的女孩子们在裙子里面穿上衬裙,脚踩细高跟,把头发倒梳蓬松,还涂着指甲油。我只有一些玛丽·约瑟夫修女从旧衣箱里为我挑选的衣服,每天穿着针织长筒袜、系带鞋和磨损的百褶裙。我不确定哪件事令我更羞耻,是我那令人费解的修道院形象,还是我现在又和去修道院之前一样,再次变回了来自难民楼的"俄国女"。尽管如此,我还是庆幸自己又回到了这里,因为这样我就可以离开他:在父亲上早班的那几周,我便开始熬,一直熬到他上晚班的星期,好在晚上去逛主街。

以前母亲还在的时候,我们时不时会收到一些从美国寄来的包裹,是我们在流离失所者营地的熟人寄来的,他们成功获得了美国入境签证。当时每个人都在申请签证。美国是一个巨大的希望,也是我每晚入睡前最热切的童年祷告,但我们所有的申请都被拒绝了。父母的熟人会给我们这些滞留德国的人寄

[①] 弗雷德·劳赫(Fred Rauch,1909—1997),奥地利作曲家,歌手。他最为人熟知的身份是巴伐利亚广播电台节目主持人,1947—1978年每周三晚主持一档点歌节目。——译者注

来包裹，除了里面的东西，我不曾跟美国打过照面。在那些闪闪发亮的彩色照片里，我们惊叹于雪白的带有木质门廊的房子，房子门前的草坪就像一块巨大的绿色地毯，车库前停着一辆仿佛有轮船那么大的汽车。包裹里经常装有一种软绵绵的叫作棉花糖的粉色糖果，还有炼乳罐头、花生酱和速溶咖啡，以及最重要的：那些我们从来没见过的各种衣服。

那时，我妹妹穿着从前为我定做的衣服。从修道院回来后，我在阁楼的一个大箱子里找到了母亲的衣服。这些年来，我对她的记忆已经有些模糊了，但突然之间，她的样子又清晰地浮现在我眼前，她穿着浅蓝底带白色小船印花的美式连衣裙，还有深蓝底白色波点的，以及那条黑底彩色花篮印花的。

她曾经穿着那条连衣裙去火车站接我。那时我刚从比利时回来，作为一名营养不良的战后儿童，我被红十字会送去位于瓦隆大区的一家农场待了半年。她牵着妹妹的手站在月台上，穿着那条黑底彩色花篮印花裙，当时她整个人已经魂不守舍了。她在寄往比利时的最后一封信中告诉我："你回来时，一切都会和过去不一样了。"我立刻明白那是她要彻底离去的预示，这种离去不知何时到来。从我认识她以来，她总会消失，经常性地离开，似乎她留下来只是因为我一直在竭尽全力拽着她。虽然她现在仍然来火车站接我，但是她已经不再和我说话了，既不问我什么，也不回答我的问题，她似乎听不到、也看不见我了，眼睛直望着别处某个对我隐瞒的真相。我们有长达半年没有见面，这段时间对我来说是一个巨大的盲区。她似乎一直在等待我的归来——也许她把去火车站接我看作她最后的职责，又或者，她在与她第一个孩子的团聚中期待着什么，期待着某个并未出现的转机。三四个星期后，她死了。

那个时候，有时我甚至不确定她是否真实存在过，还是只是我想象出来的。如果真有过她这个人，难道父亲不会时不时说起她吗？他不应该至少提起过她吗，哪怕一次？有时我会试图在他的脸上寻找她的踪迹，她一定还在他心里的某个地方，在他铜墙铁壁般的额头背后某处，一定还隐藏着对她的记忆和思念，他脸上某种不易察觉的情绪一定能在一瞬间显示出，她曾经存在过。但我从未在他身上发现任何能表明他认识我母亲的迹象。

母亲身材瘦削，这些突然间重现了她往日形象的连衣裙对我来说只略微大了一些。前往主街之前，我爬上阁楼搭配好衣服。我最喜欢那件深蓝色塔夫绸的宽松连衣裙，上面印有白色波点，看起来就像贴上去的小圆片。德国女孩们有时会毛衣反穿，把 V 领那面穿在背后，我也用这条连衣裙效仿了这种穿法。我把裙子正面朝后，解开一排小布包纽扣中靠上的几颗，把衣服朝里折进去，在自己背后也做出了一个 V 领。

我还在连衣裙下面穿了一件粉色的美式衬裙，衬裙是父亲不在家时我用面粉偷偷上过浆的。我在腰间扎了一条红色漆皮腰带，我从没见母亲系过这条腰带，也没见她穿过那双对我来说太大的红色高跟鞋。穿这双鞋之前，我得先在鞋头塞上些报纸，报纸叫《新俄文》，每周从美国寄到父亲手中，那里就像有另一个小型俄国一样,俄国报纸、俄国商店和俄国餐馆一应俱全。还有那种印着美国圣诞老人和俄文字样的圣诞贺卡,有时阿格里皮娜和阿库利娜会给我们寄来一张这样的贺卡,她们是父亲还在俄国时就认识的一对年迈姐妹,很久以前移居美国,属于所谓的旧移民,身上仍然笼罩着没落的沙俄帝国光环。而我们这些新移民则来自野蛮的俄国新帝国,只是一些无人理解、籍籍无名的战争副产品。

我站在浴室镜子前,模仿班里女同学的样子把头发倒梳蓬松。父亲不在时我得负责照顾妹妹,我威胁她说,如果胆敢告密就揍她。然后我就踩着红色高跟鞋出门了,尽管父亲禁止我穿任何红色的衣物。他把红色叫作妓女的颜色。他曾说过:"如果你趁我工作时去城里闲逛,只要我听见一次,我就打死你。"毫无疑问,他料想到,我满脑子只想着城里,特别是那条集市广场和阅兵广场之间的主街。对我来说,那里就是世界的中心,多年来我一直被排除在那个世界之外。那里也是林荫大道,是T台,让我终于得以展示自己,终于能被看见。

班里有些女孩已经名花有主,她们已经进入了最后的直道冲刺。当一个女孩不是独自一人,而是和一个男孩一起手牵手沿着主街漫步时,人们会说,她有对象了。从跟一个男孩约会,到订婚,再到结婚——对于班上的女孩们来说,这是人生圆满,而对我来说,则是关乎生存,是我摆脱父亲、摆脱可怕的难民楼以及我不幸的俄国外壳的唯一机会。

在修道院中,我曾经是优等生,但在这里,在这所新的世俗学校，我几乎一夜之间变成了最差的那个。在修道院时我与其他人不一样，因为我不是天主教徒，并且保持了这种异类身份，即使主教特许我和其他人一起忏悔并领受圣餐，我仍然不是天主教徒，我只是享受了恩典。现在，在新学校里，天主教徒的身份突然变得不再重要，甚至是错误的，因为这里的每个人都是福音派，当然，那也是我无法获得的身份之一。最重要的是，就像去修道院之前一样，我再次成了出身难民楼的社会弃儿，成了后来我在米夏埃尔·施耐德的书中读到的那种人。在《只有死鱼随波逐流》中他说道："那些对我来说似乎潜伏在各处的事故和匿名敌人，不仅是我个人、而且是集体幻想的畸形产物。他们是某段历史时期的幻影，在这段时期中整个民族都受到世界公敌的威胁，对我们小孩子来说他们就是'俄国人'！"

从根本上说，德国小孩应该对我没什么意见。他们只是成年人的代理人，就像皮影戏中的人物，而这出戏的主题他们并不了解。从孩提时代起，我每天有多么渴望放学，就有多么害怕那一刻到来。最后一节课的下课铃声往往是一场追逐开始的信号。我不是匿名的敌人，不是幻影，我是世界公敌，一个有血有肉活生生的俄国女孩。读小学的那些年里，我几乎每天都要在狂奔中逃命。

现在，随着小孩成长为青少年，他们意识到，有一种对付我的武器远比身体上的威胁更有效，那就是嘲笑。他们哄然大笑着问我，我们是不是真的在马桶里洗土豆，俄国女人是不是真的不穿内裤。他们叫我"俄国女""俄国妞""俄国母猪""俄国妓女"。我根本不记得第一次听到这些词是什么时候，对我来说，它们好像一直存在，像空气的一部分，像一种我永远无法摆脱的气味。也许在我还不理解这些词的含义时，衣衫褴褛的母亲牵着我的手走在街上，人们就已经在背后用这些话骂了她，也骂了我。或许更早，当母亲还是乌克兰强制劳工时，腹中怀着我时就被德国监管人员辱骂了。也许在我来到这个世界之前，内心就已经熟悉了这些声音。

进入小学后，德语迅速变成了我的自然语言。然而，从修道院学校回到城市学校后，这门语言对我来说又几乎成了外语。过去五年来，除了修道院发给我们的教科书和祈祷书之外，我再没碰过其他任何书本。在那里，对上帝的敬畏像一层面纱，笼罩着一切。即便在地理、数学、化学这些科目上，评判标准也更多取决于我们的虔诚程度，而不是知识，不是那些潜藏着邪恶和罪孽的世俗知识。我在修道院里的好成绩更多是靠着假装虔诚得来的，而非通过专注和勤奋。

如今，突然之间，笼罩在数学、地理和化学上的面纱被揭开了。我呆坐在椅子上，一个字都听不懂。就好像存在两种德语，一种是天主教德语，另一种则是来自一个陌生而神秘的世界的语言，远在我的理解范围之外，在这种语言之下，就连分数计算和年份数字也与修道院的不同。在这里，我们要阅读小说段落和报纸文章，里面的单词对我来说就像天书。我听不懂老师们说的话，也听不懂同学们的，无论女生还是男生。在新学校里，男生们全都和我坐在同一间教室里，而过去在修道院，我最多只能在路上见到男孩子，当他们并排两路从男孩教养院走出来，手拿祈祷书，低垂着头，在两名随行神父的带领下前往教堂参加弥撒时——我们也是如此，只不过与他们严格隔离开。

所有言语之中，最令我费解的就是那些男女生之间的对话，包括他们轻松的互动、玩笑和斗嘴。而我过去学到的是，男孩对女孩来说永远是一种危险，连彼此的目光接触都不应该有。新学校的老师称呼我们时会说"您"和"小姐"，突然之间，我被当作大人一样对待，这是我过去一直热切渴望的，而今，当我终于被允许长大，甚至必须长大时，我才意识到自己根本没有长大。我赶不上同龄的女孩们，她们比我优秀得多，跟我在本质上完全不同。

这些年来，在我身上似乎只有俄国人那可耻、不受欢迎的一面不断成长，而我最迫切想成为的德国人的那一面，已经明显消失。每次课上被点名后，我都规矩地从座位上起立，因为在修道院养成了这个习惯——雷动的哄笑声会瞬间把我推回座位。我坐在那儿，就像在修道院做晨间弥撒时一样，身体里止不住冒出一些可怕而无法控制的东西。在修道院时是笑意，一种毫无来由、克制不住的笑意，一种在我体内不断累积的叛逆的笑意，直到它在那些需要高度严肃和庄严祷告的时刻，毫无来由地喷薄而出，成为一个我所不自知、却具有毁灭性的真相的证据。

这个关于我叛逆的真相此刻就隐藏在我的膀胱中，让我想起了人生中最耻辱的一次经历。当时我七八岁的样子，母亲第一次没有自己帮我理发，而是给我钱让我去理发店。我又害怕又兴奋地坐在那把看起来像牙科椅一样的理发椅上，一边沉醉在周围的阵阵芳香和种种奢华用品中，一边焦急地期待着自己在德国理发师手中从丑小鸭蜕变成美丽天鹅。然而，突然之间，在转变进行到一半时，我从面前的大圆镜中看到理发师的表情发生了奇怪的变化。她突然中断剪发，消失在一扇窗帘后面，在那边和某个人耳语了几句，随后便和另一名理发师一起回到我身后。她先看了看我的左耳后面，又看向我的右耳后面，那一刻我听到了"虱子"这个词。好像这还不足以让我钻到地缝里去似的，我的膀胱括约肌在同一瞬间失灵了。一股暖流开始沿着我的长筒袜向下流，滴到地上，尿液浸湿了椅子，流到浅蓝色地毡上，又蔓延到已经从我剪掉的一簇簇头发中爬出来的虱子上。虱子爬满了整个发廊，沾着我的尿液直奔那些德国女人的头上。我只感觉到理发围布从我身上被摘下，之后便是一片空白，仿佛羞耻心终于把我烧成了灰烬。走到大街上我才重新回过神来，之后我就那样穿着湿透的长筒袜，顶着一边长一边短的湿头发，穿过了半座城市。

此刻，我坐在课桌旁，身体内的水分又开始暗暗在骨盆中积聚，就像在修道院时笑意不断在喉中积蓄一样，一场相似的耻辱眼看又要发生。当我在括约肌用尽全力撑到膀胱决堤前的最后一刻，第二次还是第三次想在课上从座位上一跃而起，冲向厕所时，我已经感到空气在振动，这是同学们即将爆发哄堂大笑的预兆。要逃往厕所,我就得一次次跌入一条充斥着窃笑和嘲讽的小路。长久以来人们对我视而不见,而我迫不及待想展示给世界的东西,总是一次又一次变了样子,变成了"可以被看见"的对立面。

三

周六的夏夜,当我们的院子像个大型起居室一样充满各种声响和嘈杂时,父亲便烧起了锅炉。对我来说,没有什么比他两天都在家,而我必须做家务的周末更痛苦的了。从星期六中午放学回到家,到星期一早晨去上学,中间我不能出门,只能在家给父亲当女佣。这座禁锢我的监狱,只有在他从下午三点工作到晚上十一点的那几周会开放,在他上早班的星期里也会短暂开放,那时他下午三点左右到家,所以我放学后还有一两个小时自己的时间。

即使刮风和雷雨天气,他也会骑着那辆笨重的旧自行车去上班。小时候我就是用那辆车学会了骑车。当时难民楼里一辆女式自行车都没有,由于跨不过男式自行车的横梁,我们这些小孩必须一条腿在横梁一侧,另一条腿从横梁下方穿过,踩住脚踏板。我们只会这种不对称的骑车方式,就这样身子悬挂在车轮一侧在院子里飞驰。父亲每天要骑车去城市另一端的造纸厂上班，除了工资，工厂每个月还会给他发一箱纸巾、卫生纸和卡梅利亚牌卫生巾。我偷偷用掉了卫生巾，也由此承认了那件他总归会知道的事情。但若要我们去聊这些，哪怕半句，都是绝对开不了口的。

实际上我本可以对周末满怀期待，因为至少有一天时间我不必上学，然而我在家中受到的禁锢比修道院更严酷。在修道院，我至少能在短暂的空当到花园或院子里，打打羽毛球或者玩玩躲避球，但父亲在家时，我不能走出家门半步。只有去上学或者他打发我去维曼食杂店时，我才能出门。维曼离我家仅百步之遥，只有难民楼的人才会去那里买东西。大多数人都会先赊账，月底时付清或者干脆不付。但父亲有个好名声就是从不赊账，因为他不想承认就连我们每到月底也会把钱用光，有时只能靠面包或者土豆果腹。

偶尔他也会派已经十一岁的妹妹去采购。妹妹长久以来一直安静过着自己的生活，父亲对此默许甚至赞同。我永远搞不清对她来说他是什么样的人，是什么样的父亲，无论如何，肯定跟我的完全不同。父亲从未责骂过她，更不用说打她了。显然他对她来说有着某种意义，有时她甚至会依偎在他身上，更让我惊讶的是，他也毫不抵触地接受了。我那神秘莫测的小妹，她似乎爱着父亲，同时也忠于着我，因为她从不向他透露我的双面生活。

每当父亲在星期六点着热水锅炉，夏天院子里各种东欧语言混杂的喧闹声也从开着的窗子里涌了进来。过去在劳改营中，强制劳工被严格按照民族和性别分开，直到战争结束后，他们才在新的集体营地里被打乱混在一起。其间大多数人至少掌握了基本的德语词汇，只有我父亲什么都没有学会。他坚持只说俄语，在难民楼里连一个说话的人都没有，因为，战后几乎所有俄国人都被遣返了。因此，我们也不属于难民楼的一分子，父亲既没有朋友，也没有敌人，他是异乡人中的异乡人。此外，他还是一名自杀者的鳏夫，在他身上笼罩着一个悲伤的秘密，无人敢触及。他从不像其他人那样，三五成群在院子里站着或坐在长椅上，他不跟任何人说话，也没有人同他打招呼。下班后他就回到家里，在厨房的桌子旁坐下来读书。

他就坐在那里，看书，抽烟，喝红酒，喝之前他会用浸入式加热器在一个大号白色瓷杯里把酒温热。那个俄文书籍的世界就是他的家，在我看来，他的真实生活在那里展开，而周遭的一切只是次要场所，是他竭尽全力无视的现实。过去，他会在巡演间隙回到家里，穿着高档西装，给我们带回各种异国风情的礼物，有石榴、法国香水，还有一台叫作口风琴的小型钢琴，需要一边吹气一边弹奏。人们可以在广播中听到他所在的合唱团，也可以在海报上看到他们。海报上，一群身着黑色哥萨克长袍和扎脚灯笼裤的男人，站在莫斯科红场的圣瓦西里大教堂童话般的剪影前。即便现在，父亲身上昔日的荣光早已褪去，每天骑着一辆摇摇欲坠的自行车去工厂上班，他仍然在难民楼中受人尊敬，被当作艺术家和知识分子，尤其是他的女儿们还是难民楼里唯一上过中学的孩子。妹妹嗓音出众，将来想进大学学音乐，当歌唱家，所以读了文理高中。她是个好学生，显然也是父亲的骄傲。

至于我，他始终坚信我注定一事无成，无药可救，是个跟母亲一样缺乏生存能力、毫无价值的人。在修道院时，修女们认为，我应该在六年级毕业后继续读中学，这一决定如今给我带来了灾难性后果。此时我本应该读完职业预科，已经开始工作赚钱，然而回到难民楼的时候，离我中学毕业还有一年半时间，在此期间我只能依靠父亲，完完全全受制于他。

有时他会无缘无故打我，但大多数时候，是因为我做的家务没有让他满意。早在童年时期，他对清洁和秩序的要求就令人恐惧，在他眼里，从没有什么东西称得上干净，也没有什么东西足够整齐。当时家务活主要由母亲负责，我只是帮她打打下手，现在，作为长女的我需要独挑大梁了。每个星期六他要给锅炉生火，那一天就是打扫卫生的恐怖之日。在他看来，我越是用力地揩拭、刷洗，把家具擦得光洁锃亮，地板、房门和我们用作家具的瓦砾堆表面，就有越多污垢清晰可见。德国女孩可以做的事情，他统统不允许我做。我不能去电影院，不能去跳舞，不能买任何新衣服，也没有零用钱。同时我又要做到跟这些将来会成为家庭主妇的德国女孩一样，据他说，她们家里干净得可以在地板上吃饭。每次检查完我做的清洁工作之后，他都会让我从头再来一遍，所以我必须把所有物品擦拭两遍甚至三遍。即便如此，对他来说还是不够干净，他便会动手打我。就好像，我自己才是那块永远清除不掉的污垢，而他只好亲自动手铲除。在他的拳打脚踢下，我开始装死，身体僵直不动。经年累月的殴打让我早早学会了这一招。

窗台上放着一个大号白色瓷杯，杯里是他用浸入式加热器温热的红酒。平日里他也喝酒，在每个清洁和沐浴的星期六喝上一杯，是雷打不动的规矩。那天，好像他喝酒的样子与往常不太一样，好像在准备沐浴和喝酒这两件事之间存在着某种隐秘的关联。他看我的眼神也跟平日不同，我在他的目光中感受到的不是往日拳头下的无情，反而是有些渴望和探寻。他的目光沿着我的双腿和臀部滑动，像是还在寻找那处我没能清理掉的污迹，而现在这污迹已经明确，就是我身上已经清晰可见的女性特征。他用眼睛"触摸"着我身体的脏污，仿佛要穿透到它们最深层，接下来的沐浴显然是为了实现这个最终目的。

我还记得过去的那段时光。早上我躺在他怀里，穿着我那件黄色尼龙面料的美式节日礼服裙，因为戴了一整晚卷发夹没怎么睡着觉，心里却期待着待会儿就能变成公主的模样。他胸口处长了一个肉色小圆球，就在衬衫开口的地方，像一颗神秘的浆果。每次我拿手碰它时，他就用牙咬住我的手指，透过尼龙面料把热乎乎的蚂蚱扑哧吹到我胸口和肚子上，直到我笑得喘不过气来。当他握住我的脚，指着鞋子问我，脚上穿的是什么时，我会说 byni，而不是 botinki[①]，因为我知道他想听什么。

[①] botinki，由俄语单词ботинки按照拉丁字母转写而成，意为靴子。——译者注

33

byni 是我牙牙学语时会说的第一个关于鞋子的词，发音听起来就像 dyni，意思是俄语里的"甜瓜"，接着他就把蚂蚱吹进我的白色长筒袜里面。我不知道我们之间这种纯真的游戏是何时结束的，也不知道他从何时开始变成了一个让我感到陌生和危险的男人。是在母亲去世前，他就开始用这种带有几分探寻和柔情的眼神看我，还是自我从修道院回来后才开始？

一开始，他用拨火棍慢慢地清理了热水锅炉的拨火孔，样子极为全神贯注。他没有打发我去，而是亲自去地下室取了木柴和煤炭，装了满满一桶，踉踉跄跄地提着，还撞上了门框，因为那天他从下午就开始喝酒了。他命我在旁边仔细观摩，看他是如何正确给锅炉点火的。尽管我每天都会给厨房的炉子点火，对这套流程早已驾轻就熟，他还是要亲自点着并让我从旁看着，这也是那个星期六发生的种种事情之间隐秘的关联之一。

喝了温热的红酒，又提了煤桶，他热得脱掉了衬衫。我看到他背心边缘露出来的浅色小肉球，那是个增生肉瘤，我曾经还那么开心地玩过它。父亲每做一个举动，我内心的恐惧便增加一分，就好像我在学习处决自己的方法。我看着他往手上吐了口唾沫，从洗手盆下面那摞俄文移民报纸中抽出一叠拆开，然后把那堆闻起来像腐蚀性药品的深褐色报纸一张张揉成团，塞进拨火孔，再把柴火一个接一个叠放在报纸上——将柴火在报纸上摆对位置，这就是点燃锅炉的诀窍，我很早就自己摸索出了这一点。最后，他从裤袋里掏出汽油打火机，那里面装有神奇的打火石，一束小火苗从他的拇指上方窜出来，他举着这束火苗凑近木柴下面的报纸。在这整个过程中，我一直听见他在说着什么，好像是跟自己，又像是在跟物件儿，发出一些含糊不清的声音，听起来像是在鼓励这些物件儿，或者表扬它们的趁手。中间，他还会停下手中的动作，伸手拿起那杯放在浴缸边缘的红酒。

当火终于点着后，他满意地咕哝着关上了锅炉门，转身去洗手池洗手，就连这个动作都像在向我展示，我竭尽全力也无法达到的完美清洁程度。父亲即便在给锅炉点火过程中也没有把手弄脏，他清洗着那些我看不见的污垢，把肥皂一直打到胳膊肘，让水龙头里的冷水顺着小臂流下。然后又开始重新擦肥皂。

他手臂上的肌肉运动让我回想起他试图教我学游泳那次。当时我四五岁，他把我放在自行车后座上，骑车带我去了河边。那里空无一人，也没有声响，只有可怕的墨绿色河水湍急而过。我挣扎着反抗，但他仍然举着我走向河水深处，直到河水漫过他的脖子，然后把我按进了寒冷汹涌的洪流中。我应该做他之前教给我的动作，但恐惧让我失声尖叫，胡乱扑腾，不停呛水。我试图紧紧抓住父亲的身体，然而，我唯一能抓住的依靠，同时也是一股将我推向无底深渊的力量。

不知过了多久，一切结束了。我看见头顶上方的河水，水流把我带入了一片广袤的绿色寂静中，这寂静其实也有声音，像一种我从未听过的音乐。我想到了狼，母亲曾告诉过我，河底有狼群等着吃掉那些无法从水中逃脱的人。这个想法一度让我毛骨悚然，然而现在我却不害怕了。狼们尽可以把我吃掉，我已经不在乎了。碧绿的河水在我头顶闪烁着粼粼波光，我听见音乐声逐渐加强，感受到了从未有过的自由和快乐。

直到父亲的双手突然再次出现。我躺在岸边的草地上，他用手按压我的胸腔，像是要把它压碎一样。我不明白为什么会这样。他为什么又把我从水里捞了出来？刚才一切都很美好，也很轻松，现在我只感觉到疼痛，胸口像在烧灼和撕裂，我只渴望能再次回到水中，回到那美妙声音的怀抱中继续漂浮。这样把我从中抽离残忍至极。

在河里游完泳后，父亲的疟疾会经常发作。这种疾病来自俄罗斯亚洲部分的高加索山脉，很显然他在那里住过一段时间，过着我无法想象的另一种俄式生活。他躺在床上，面色灰白，嘴唇发紫，我看到他不停打着寒战。母亲把我们所有的被子都盖在他身上，又把好几个瓶子灌满热水塞进被子，但他的牙齿还是止不住地打战，声音像金属磕碰一样此起彼伏，他的整个身体都在颤抖，好像有机器在摇晃他一样。在他高烧到快要晕厥时，终于出了一身汗。这场解脱般的发汗也是好转的开始。渐渐地，父亲的脸色恢复了血色，他枕在湿透的枕头上，地板上堆着汗湿的床单，母亲要更换好几次床单，直到他筋疲力尽地睡去。

不知什么时候，他醒了过来，又开始发抖，体温也再次升高。但对我来说，这种亚洲疾病真正的可怕之处在于治疗它的药物：奎宁。母亲把这种气味刺鼻的黄棕色粉末存放在一个大铁皮罐里。它太苦了，光是闻一下我都觉得恶心。我胆战心惊地看着母亲把父亲的头从枕头上抬起来扶住，另一只手把满满一茶匙药粉从他的牙齿间推进去，之后立刻往他嘴里灌进一大杯水，父亲由于颤抖几乎不能吞咽，一多半水都从嘴边流了出来。

据我所知，这种亚洲疟疾是父亲唯一罹患过的疾病。在我看来，这个病恰恰也是他身强体健的根源。一切都是奎宁的功劳。他的疟疾定期发作，而奎宁正是神奇的解药，他汗水中的苦味、发黄的肤色，还有灵活的手臂肌肉运动也都由此而来。他的身体已经被奎宁浸透，变得百病不侵，铁拳无情。

妹妹总是第一个去洗澡的那个，之后，他便开始每周六例行的清洗烟嘴工作。每次抽烟前他会把烟叶插入烟嘴的金色烟杆中。厨房里又闷又热，汗珠沿着他半裸的身体滑落下来。为了清洁烟嘴内部，他把咬嘴拆下来，往里面插入一根末端缠有报纸的金属丝，拔出时恶心的黑色残渣会跟着带出来。他用报纸把黑渣从铁丝上刮下来，然后重新缠好报纸，重复刚才的动作，直到拔出的报纸变得干净为止。

在这个过程中，他一直目光呆滞地盯着我。除了这目光，我找不到其他让我恐惧的理由。我说不出自己在害怕什么，我无法用言语表达，好让其他能拯救我的人听明白，如果真有这么一个人的话。妹妹洗完澡后，我把干净睡衣搭在胳膊上走向浴室，这时，全世界好像只剩下我和父亲，只剩我与他那不断扫视、探寻的目光。我感觉到他在背后看着我，听见他问道，用不用帮我搓后背。已经一只脚跨进浴室的我，不由自主地跺着脚，用一种陌生的、不属于我的声音喊了一声"不用"——就好像父亲的问题是如此友善，可以像小孩子耍赖一样来回答。我一边跺脚，一边嘲笑自己的恐惧。这种恐惧让我变成了罪人。是的，只有我是罪人，因为我竟对自己的父亲抱有如此可怕的怀疑。

当我躺在温暖的泡澡水中，恐惧也随之消散了。终于只剩下我一个人，现实世界渐渐融化在我五彩斑斓的梦境中。实际上，我人在遥远的美国，在那里像我这样的女孩会嫁给百万富翁，或者一夜之间变成著名的电影明星，征服全世界。我住在一幢白色别墅里，别墅周围是一个带有天蓝色游泳池的棕榈花园。傍晚时分，我的众多仰慕者中有人开着一辆闪闪发光的凯迪拉克来接我。再不就是我生活在离现在并不远的地方，嫁给了一个德国工匠，住在一栋舒适的德式木桁架房屋里，窗前种着天竺葵，做着模范的德国家庭主妇。我的丈夫是个与父亲完全不同的男人，他会在街上向人们脱帽致意，即使被叫去某个机关被人问话，也不会陷入尴尬的沉默，而我的小女儿也是一个跟曾经的我完全不同的孩子，她会穿带有金色别针的苏格兰短裙，学习成绩优异。我会做德国酸菜和德式烤猪肉，烤大理石蛋糕，在周日的下午，我的朋友们会来家里喝咖啡，她们都是跟我一样幸福而精致的人妻。我一直不知道自己更想成为哪一种人，美国电影明星还是德国家庭主妇，也许我可以鱼和熊掌兼得。

我轻声唱起来："在下雨的那天，盼望已久，热切渴求"[①]，

[①]出自法国歌手达丽达（Dalida）1959年演唱的德语歌曲《Am Tag, als der Regen kam》。——译者注

"天主，我们赞美你"[①]，"Wolga, Wolga, matj rodnaja, Wolga, russkaja reka"——意思是：伏尔加河，伏尔加河，伟大的母亲，伏尔加河，俄罗斯的圣河。父亲就来自这条俄罗斯圣河沿岸的某个地方。他心情不错的时候曾经提过，那里的冬天寒冷到整条大河都会冻住，尽管河流宽阔到望不见对岸。人们会步行走到河对岸，或者驾着马车在冰面上行驶，还有人在上面滑冰，玩冰盘。夏天，人们在河里游泳，还会直接在岸边生火煮起"乌哈汤"：一种用伏尔加河水和鱼做成的清炖鱼汤。河里的鱼多到徒手就能抓到，巨大的鲟鱼、鲑鱼和梭子鱼到处都是。很久以前，应该是六十多年前，我的父亲就出生在那儿，当他说起这些时，似乎像在回忆幸福，尽管我无法想象，他也曾经幸福过。我从未在他脸上见过一丝一毫幸福的迹象，我怀疑，幸福对他来说就像软肋，是他永远不会表露出的一面。只有当他提起伏尔加河时，我才能隐约感知到他在俄国的另一种生活，感知到我没见过的那种生活和我不了解的那个人。对于那个人，可能他自己也记忆模糊了。

　　一声响动把我从思绪中拉了回来。刚才我暂时忘记了恐惧，尽管浴室门随时都可能被推开。从前阵子起，我就没办法把自己反锁在浴室里，因为门钥匙不见了，怎么都找不到。也许是父亲把钥匙扣下了，毕竟浴室是我在家中唯一能摆脱他控制的

[①] 出自德国天主教神父伊格纳兹·弗朗兹（Ignaz Franz）于1771年撰写的圣歌。——译者注

地方。我跳出开始变凉的泡澡水，扯过一块毛巾挡在身体前，竖起耳朵。

什么声音都没有。妹妹可能已经睡了，她是小女儿，可以睡在父亲的卧室，就是厨房后面的那间屋子。我们家没有起居室，这种房间只有德国人家里才有，厨房就是我们常待的地方。我迅速擦完，不等身体干彻底就穿上睡衣，然后把阿塔牌去污粉倒进浴缸，开始刷洗。我必须给父亲留下一个干净到发亮的浴缸，这一点我跟他意见一致。在他等下要泡澡的浴缸里不能留下我身上的任何痕迹，哪怕是皮肤上的一粒微尘。我用力地刷洗，直到手指火辣辣地疼，又用水冲了一遍又一遍，然后把浴缸擦干。之后我悄声快步穿过黑暗的走廊回到我自己的房间，爬上了床。

从修道院回来后，我有了自己的房间。房间很小，地面铺着石板，墙壁光秃秃的，里面除了床只有一个壁橱和一把椅子。我只在房间里睡觉。我的床还是小时候在营地睡过的那张美式行军床，那时母亲还活着，妹妹尚未出生。夜里有时我会在营房敞开的窗边醒来，因为当我正要爬出窗子走向月亮时，一阵凉风从我身上拂过。尽管闭着眼睛，我仍然看见月亮在呼唤我，它用自己淡蓝色的微光和杳远而曼妙的歌声吸引着我。然后，突然之间，我感觉到了母亲温暖的皮肤，她把我紧紧抱在怀里。随后，她关上了窗户，把我放回床上，抚摸着我的头发，我看见她的眼里泛着泪光。她总是在哭，总是思乡心切，在我看来，她已经把这种思乡的情绪传染给了我，夜里我常常会在睡梦中被一股无法抗拒的力量从床上拉起，朝着窗外的月光走去。父亲建议母亲把我绑在床上，但她拒绝了，她说他铁石心肠，然后他们又开始一如往常的争吵。多数争吵都以母亲再次开始哭泣结束。

"我到底做了些什么？"她抽泣着说。"我怎么会如此瞎了眼？我为什么不留在乌克兰？"

"蠢货。"父亲说，"你很清楚，如果我没带你离开，你现在已经死了。"

"那好，"母亲回答，"那我宁愿死掉，反正对我来说那是最好的结果。"

我躺在被窝里，听见父亲走向浴室。我听到他摇摇晃晃的身体撞到走廊墙壁发出沉闷的响声。我惶惶不安地留心着从浴室传来的声音。我听到拨火棍的磕碰声，哗哗的流水声，刮擦声，搓洗声。我从不知道，他每个星期六在浴室待那么长时间究竟在做什么，对他来说，清洁自己的身体似乎既是每周大扫除工作的高潮，也是他尽情享受、刻意延长的尾声。

单调的水声开始让我有了困意，它在我耳中与雷格尼茨河水的声音融合在了一起。雷格尼茨河与伏尔加河相反，是一条宁静的小河。夏天，我们曾从河里汲水灌溉菜畦，那时大人允许我们在雷格尼茨河边的草地上种菜，我们这些小孩会在那片草地上闲逛到天黑。我们从灌木丛中的鸟窝里偷鸟蛋喝掉，用旧的军用毯子搭起帐篷，在里面偷偷向彼此展示自己的私处。我们踩着潮湿的草地，浑身脏兮兮，忘我地沿着岸边追逐打闹，这时，温暖的黄昏中回荡起我们的名字——是母亲们在呼唤我们。天色晚了，我们得回家了。

朦胧中，我睡着了，飘荡在雷格尼茨河上空，飘浮是我天然的移动方式。我沿着河道，飘到了一些从未见过的地方，那里变得越来越陌生，越来越危险，突然之间……门开了。光从走廊照了进来。是父亲。他叉着双腿，摇摇晃晃地站在光里，身上只穿着内裤。我看到他脸上露出一丝狞笑。"妓女！"他嘟囔着，"我要让她看看这个，她就会学会惧怕她的父亲。"然后他就来到我身边，酒气扑鼻。"挪到一边去，我要躺到你旁边！"

他之前的眼神早已预示了这一刻的到来，然而现在我却分不清，这到底是现实还是梦境。打扫卫生时，我把一条旧床单剪成了碎布头，剪刀还放在我床旁边的椅子上。当坐在床边的父亲向我弯下身时，我的手在黑暗中摸索着那把剪刀。眼前仿佛出现了一幕与我无关的电影画面，我看见自己举起剪刀从上方刺入了父亲赤裸的后背。害怕的念头在我心中一闪而过，而我怕的只是自己失手没能杀死他，因为那也就意味着我的死期到了。但我决心已定。我握着手中的剪刀，已经准备要刺下去，但他突然从我身上离开，一言不发，仿佛什么事也没发生过。他喘着粗气，站直身子，差点撞到我仍举在半空中的剪刀上。他在那站了一会儿，努力撑着，仿佛身体随时都可能倒下，压到我身上。终于，他恢复了平衡，转过身，踉跄着走了出去，关上了门。

透过门缝，我看到走廊上的灯熄灭了。我躺在黑暗中，竖起耳朵，心脏怦怦跳着。他会不会马上又回来？我不清楚男人和女人在床上会做些什么，在修道院，关于这方面的传言四起，但很明显，父亲刚刚想向我展示的就是这件事。他为什么改变了主意？他是不是察觉到，我们之间会经历一番较量，而他在酩酊大醉的状态下可能会占下风？还是这一切都只是我的臆想？我是不是看到了魔鬼，它们让我产生了这些邪恶的幻想？一切都安静了下来，但我仍然感觉血流涌动。直到墙背后传来熟悉的鼾声，我紧紧攥着剪刀的手才放松下来。

四

十岁那年,我站在太平间窗前,隔着玻璃看着死去的母亲——现在,我的父亲也躺在了同一个地方。他们的死亡之间似乎相隔了无尽的时光。她比他年轻二十岁,尽管如此,她死后他还是又活了三十多年。现在,一个九旬老者要追随英年早逝的她而去了,共同长眠于地下。他的灵柩被安放在另外两副紧闭的棺木之间,好让生者免于看见死亡的不堪。

在三位逝者脚下的众多花圈中,只有一个是给我父亲的。我没和妹妹商量,就让人在花圈的紫色飘带上用金色字母印上了"女儿们敬挽"。在这间屋子里,德语句子显得空洞而无意义——这些话是为一个只懂俄语的人而写,而且妹妹也被迫与我作为一个整体出现,这一定非她本意。我们早已走上了不同的道路。父亲的去世迫使我们再次相见,但却无法让我们重新成为"我们",无法让我们重新找回姐妹的亲近感。对她来说,我是敌人,是一场针对她的惊天阴谋的策划者,也是把控她一生并且毁掉了她前途光明的歌剧歌唱家生涯的邪恶力量之一。我不知道,她在太平间里看到了什么,父亲的死亡对她又意味着什么。早上我从火车站接到她时,她还带着众目所盼的歌剧女主角光环,而此刻的她看起来黯然无光,憔悴衰老。

海克和沃尔夫冈站在我们身旁,他们并不认识我父亲。他们此行不是为了他,而是为了我,好让我免于陷入单独跟妹妹站在父亲棺木前的尴尬。20世纪60年代末,我与海克在一家口译学院学习俄语,她热爱俄国文学,而我则是从头拣起了当时已经快忘光的母语。海克后来从未涉足口译行业,她结了婚,有了一个孩子,但这份学业至少让她有能力阅读心爱的俄语原文书籍了,此后她就一直手不释卷。她穿着紧身的老式套装,头戴一顶我从没见过的黑色大礼帽。

妹妹衣着寒酸,头上戴着俄式印花流苏围巾,头发中分,还有一双紫色的眼睛,她的样子让我突然想起了母亲。我意识到妹妹今年三十六岁,恰好是母亲自杀时的年纪。一个全新的画面扰乱了我的记忆。母亲在生命尽头时就是妹妹现在这般模样吗——像一个迷茫、瘦弱又慌乱的孩子?泪水涌上了我的眼眶。我不知道,这眼泪是为母亲、为妹妹,还是为了玻璃窗后的父亲而流。

对父亲来说,人到老年最大的痛苦莫过于他在过去几年中无法再阅读了。继声音之后,他连视力也失去了,尽管接受了几次眼部手术,他还是几近失明。有一段时间,他还会哆哆嗦嗦地拿着放大镜看书，或者看美国寄来的俄罗斯移民报纸上的文章，在养老院他也继续订购这些报纸，但最终放大镜也无济于事了，他与自己唯一懂得的语言之间断了联系，也失去了自己的庇护所，那是他在德国的后半生中唯一栖心过的地方。手里没有书的他，看上去残缺而无助。

如今他只剩下自己了，只剩这副久病不愈的身体，困在其中对他来说必定是种折磨。上了岁数之后，疟疾虽然放过了他，但过去七十多年里他扛住的其他疾病似乎都找上门来。长年抽烟损毁了他的肺脏和血管系统，他的血液需要流过一个塑料做的主动脉，就是在他体内植入的一个所谓的 Y 型人造血管，用来维持他的生命。他的双脚愈发变成黑绿色，湿气很重，每晚痛得无法入睡。他几次因急性血管阻塞住进医院，还患有心力衰竭、慢性膀胱炎和肺气肿。

在他去世之前的二十年里，我一直生活在他疾病的阴影之下，时刻准备迎接他身体发生的新的危险。我去医院探望过他无数次，每一次，他都像是到了弥留之际，然而死亡为痛苦设定的自然极限似乎在父亲身上失效了。他一次又一次地康复，随即又一次一次地陷入另一种疾病。他的病痛如此频繁往复，以至于死亡在我看来已成为幻影，我开始觉得他是不死之身。要么是一种超人的生存意志将他困在了残破不堪的躯体中，要么是那些他从未说出的真相的力量还不放他离开这个世界，也许大自然也在他身上想出了一种异常残酷且持久的削弱方式。在彻底卧床不起之前，他只能依靠助步车，拖着腿迈着碎步艰难往返于厕所与卧室。那时发生的一切正是我在少女时期所求之不得的：他应该受苦，衰老，生病，无助，依赖着我。当年的我就是为了这一刻而活，当我为了逃离他而失去庇护、流落街头时，是这个想法支撑着我活了下来。

我想起了回到难民楼后收到第一份也是最后一份成绩单的那天。"只要有一个四分①，"父亲说，"我就立刻把你送回修道院。"一个四分是肯定的，可能还不止一个，但我知道无论如何我都不会再回修道院了。我宁愿去死。

被点名的同学要上讲台领取自己的成绩单。我坐在座位上，等着，我的名字向来在字母表末尾。邻桌已经领到了自己的成绩单，她把它藏在课桌底下看，就像她的分数跟数学考题答案一样是机密，每次我们随机测验时，她总是躲在墙一样高的书堆后面写写算算。刚刚走上讲台的是沃纳·林德纳，他的父亲在主街开了一家照相馆，他以后会继承父亲的店。紧随其后的是贝贝尔·梅斯纳，她的父母是肉铺老板。以前我和母亲一起去那家铺子买东西时，他们偶尔会从柜台上递给我一小段黄肠，那是我平时享受不到的美味。我的父母不吃德国香肠，他们也根本买不起。母亲总是只买骨头来炖罗宋汤，我们每天都吃这道菜，除此之外，偶尔会有炸鱼排。在节日里还能吃到土豆泥馅的俄罗斯饺子，这道菜要配着炸洋葱吃。母亲去世后，餐桌

---

①德国考试成绩评分为六个等级，一至六分等级渐次降低，分别为优秀、良好、中等、及格、不及格、差。——译者注

上几乎只剩罗宋汤了。

有一次，父亲让我做一道花椰菜。我先前不知道，这种表面坑坑洼洼的白色蔬菜下锅之前要先用盐水浸泡，好让菜里的虫子跑出来。直到菜做好盛到盘子里之后，我们才看见上面满是虫子。父亲似乎不为所动，吃得津津有味，我也不得不吃掉自己种下的"苦果"，最后我恶心得吐在了盘子上。

班上大多数同学将来都会在机关或者办公室工作，就是俄语里所谓的"干净的工作"，父亲也打算让我找一份这样的工作。他预料到这是不可能实现的事了吗？我拿着自己的成绩单，惨不忍睹：各个科目旁边的阴影小方块里，赫然在列的不是一个四分，而是四个，簿记这一科还得了五分。只有音乐课自动得了一分，这个分数似乎只是为了使其他灾难般的成绩更加显眼。这意味着，重返修道院这件事是百分之四百要发生了，簿记的五分给这件事上了双倍保险。尽管速记和打字这两科得了二分，也无法抵消我的失败。我的成绩实在太糟糕了，以至于我甚至觉得，除了回修道院之外我还会受到其他惩罚。几年前，父亲会时不时威胁我，要让德国当局把我送进少年感化院，就是那种关着无药可救的儿童和青少年的监狱。现在他会让这个威胁变成现实吗？

我坐在座位上，耳朵里嗡嗡作响，其他什么也听不见。小时候发烧时，脑袋里才会响起那种电报杆发出的高亢振动声。一直以来，我都酝酿着一个拯救计划，现在这个计划变得清晰了。我想请贾德兰卡帮忙，她是我在难民楼中的秘密朋友。她的父亲是名严格信仰伊斯兰教的南斯拉夫人，他禁止女儿跟我交朋友，因为我穿着红色高跟鞋去过主街，这件事似乎在难民楼中人尽皆知，除了父亲。贾德兰卡跟我一样被禁止同德国男孩说话。她父亲发誓说，如果她胆敢与德国人为伍，他就杀了她。他已经为她选择了一个穆斯林男子，那个人现在还在南斯拉夫，但不久后会来德国。贾德兰卡已经十八岁，到了可以结婚的年龄，面对即将到来的强迫婚姻，她日日生活在恐惧中，她像我一样，希望有一个德国男人能够拯救她。但是她的条件不如我有利，因为她母亲总是在家，在她父亲不在时看着她，还有她哥哥凯末尔，他也被父亲叮嘱，不能让妹妹离开视线一步。贾德兰卡自身难保——但也许可以帮我。

我知道她的母亲在服用安眠药，因为她晚上会失眠。贾德兰卡必须设法偷走一些药片交给我。不需要很多，因为我也不想死，只是假装一下。我要吃下药片，当父亲下班回家时，他会发现我倒在床上不省人事。所有人都会看见我被救护车接走，我的胃会被抽空，这件事会让我得到前所未有的重视。父亲将会为他威胁把我送回修道院而深感懊悔，还会迫切希望医生们把我救活。

我一定是没听见放学铃响，因为我突然注意到同学们都已经起身离开了。我迅速把成绩单塞进书包，跟着其他人走到走廊上。大家都很欢乐，因为复活节假期即将开始。我得加快速度。距离父亲下班回家只有两个半小时了——在这段时间内，我必须成功实施自己的计划。我穿过楼梯上的人群，奔向校门口。

一阵出人意料的暖意扑面而来。街对面的城市公园伫立在一片浓郁的浅绿色中,在路面投下大片阴影。穿过公园的那条路能最快回到难民楼。我跑过池塘,垂柳的枝条落入水中,闪烁着神秘光彩的金鱼在阴暗浑浊的池水中摇摆。盛开的丁香花散发着清香,暖风吹过,漫天紫花飞舞。古老的城墙上长满苔藓,曾经的射击孔和瞭望塔依稀可见,我沿着城墙跑啊跑,突然间,有什么声音挡住了我的脚步。台阶上有两个女同学。原来她们约好了晚上去"椴树"跳舞。她们说的只可能是那家叫"德国椴树"的餐厅,晚上我经常在那儿看男孩和女孩们聚会,站在窗户后面听里面的音乐,都是一些我在每周三晚上的电台点歌节目中听过的最新流行歌曲。突然间,一个想法冒出来,取代了我之前的"假死"计划。那就是,我会在椴树餐厅遇见我的拯救者,那个命中注定的德国男孩,他一直朝思暮想地等待着我的出现,正如我也等待着他。在那里,唯一一次将我从父亲手中永远拯救出来的奇迹,终将发生。

我匆匆从院子里一扇扇敞开的窗户旁跑过。总是醉醺醺的玛丽亚坐在外面的长椅上,手里拎着啤酒瓶,涂了口红的嘴上叼着香烟。房屋管理员是难民楼中唯一的德国人,他站在门前,嘴里骂骂咧咧,因为几个男孩又在草地上踢足球了。但这一切对我来说都无关紧要了。为了谨慎起见,回到家后,我把成绩单藏在了垫在衣柜底部的俄文报纸下面。我担心父亲今天可能比平时早下班,急急忙忙脱掉身上的衣服,换上那件蓝色的美式塔夫绸连衣裙,系上红色漆皮腰带,蹬上红色高跟鞋。父亲把钱都放在了厨房桌子的抽屉里，我从里面拿了一枚五马克的硬币塞进口袋。

把家门重重关在身后的瞬间，我想到了可怜的贾德兰卡，她将继续身处父亲的桎梏之中，我也想到了我的妹妹，她还没有从学校回来，而这次我也将离她而去。我们未来某一天还会再见，在另一种德国生活中相见，想到这一点，我稍稍宽慰了些。对我来说，今天就是这种新生活的开始，未来某一天，她也一定会开始她的新生活。

我在城里闲逛。这个季节，天气炎热得反常，太阳晒得我头皮发痛。因为太着急我完全忘记了应该吃点东西再出门，这会儿胃里一阵难受的抽动。人们提着袋子和网兜匆匆穿过主街，可能已经在为复活节采购了。我的父母一直按照儒略历①庆祝基督教节日——特别是圣诞节期间，我总是羡慕又渴望地透过窗户看着德国人家里闪闪发光的圣诞树，上面悬挂着五颜六色的圣诞球和金属丝。现在，所有人肯定都在计划制作复活节彩蛋，穿新的春季套装，只有我一个人无所事事地在街上闲逛。我感觉，好像每个人都能看出来，我离家出走了，正在逃离自己的父亲。

到晚上还有很长一段时间，集市广场的教堂尖塔上，塔钟的金色指针刚刚指向两点半。一个令人不安的想法突然闪现在

---

① 儒略历，为将历法与太阳运行规律结合而不受人为因素的影响，罗马统帅儒略·凯撒在索西琴尼的帮助下制定的新历法，于公元前45年1月1日起执行。16世纪前，西方国家大多采用该历法，现今只有苏格兰的富拉岛、希腊圣山、俄罗斯正教会等东正教社群和北非的柏柏尔人使用。——译者注

我脑海。如果父亲今天真的比平时早到家了怎么办？毕竟，今天是揭开真相的日子，也就是发成绩单的日子。如果他早已看穿一切，开始找我怎么办？一瞬间，我明白了自己的逃跑毫无意义，我永远也不可能从父亲手中逃脱。无论我怎么躲，他都会找我到天涯海角。

我迅速拐进一条昏暗空旷的小巷。已经风化得不成样子的小木房一栋挨着一栋，好像它们必须相互支撑才不会倒塌。在小巷的一侧，是一条狭窄而湍急的小河，一架废弃的磨坊水轮在河水中转动。在这里，在这些老旧建筑掩映的半明半暗之间，我感到安全了一些。在这里，在城市的"内脏"区域，父亲比我更不熟悉：我无法想象他会出现在这种地方。

阴暗潮湿的小巷冻得我瑟瑟发抖，走在鹅卵石路面上，我的脚步声响得出奇，打破了庄严的德国式安静。与这种安静形成鲜明对比的是难民楼中的喧闹。天气暖和时，我们那里家家户户都会打开窗子，人们的说话声、大笑声、争吵声还有训斥孩子的声音，不绝于耳。我们的存在本身就是一种聒噪，只要活着我们就会制造噪音，而德国人却总是安静的——一切都隐藏在那些雪白窗帘一丝不苟的褶皱后面，隐藏在那些似乎总是跟我理解得不一样的举止与措辞背后。我在一座通往堰闸的小木桥上驻足了片刻，低头看着桥下奔腾的白色浪花，歇了歇脚，然后继续疾步前行。

忽然间，这条路又将我引到了开阔处，来到了墓园所在的那条街上。母亲的坟墓就在那里，不等回过神来，我就明白了，那里是唯一能让我躲避父亲的藏身之地。母亲下葬后,他必须为她立墓树碑,这是没得商量的,但此后,他再也不曾踏足过这片墓园。如果这世上存在一个地方令他避之不及,那就是这里。母亲活着时无法保护我免受他的伤害,她自己也日日活在对他的恐惧之中,她的坟墓却筑起了一个禁区,在那里,我无须再惧怕父亲。

我也有很多年没有来过这片墓地了。小时候,我常常站在太平间窗前看着里面的逝者,母亲去世后,我便不再去了。那时,对我来说,那扇玻璃不只是一扇通向死亡的窗户。很久以来,母亲身边就笼罩着一股阴森的死亡气息。探访死者对我来说变成了一种神奇的习惯,我活在对命定之事的愈加确信之中,可能也是在为将来再次站在这扇窗前看着母亲的尸体做准备。同时,于我而言,在这里似乎还能窥见一些德国人的秘密:当他们去世后,我就能自在地长时间观察他们,看着他们的嘴唇、头发、交叠的双手,他们不再回避我,而是向我展示着他们毫无遮掩卸下防备的面庞,在这些面庞上,他们生命的故事尚未完全消逝。

以前,这里总能闻到霉味和甜味混合的味道,我想那应该是入殓之前用来为死者擦拭身体的软膏和香料的味道。现在这里什么气味都没有了。不仅什么都闻不到,而且什么也看不到了。我在修道院的那五年里,丧葬习俗已经改变。如今,玻璃后面的棺木都闭合了,只露出冷冰冰让人不敢靠近的外壳,就连花圈和棺椁花束中的花朵看起来也异常僵硬,仿佛直到现在,真正的死亡才来到太平间，直到现在，死亡才展露它的真实面目。

我上次来这片墓园已经是太久之前了，久到记忆中母亲坟墓的具体方位已经模糊。我沿着碎石路朝心中猜测的方向走去。一座座坟墓静默地伫立在春日的午后阳光里，这个春天似乎注定要被挥霍——除了最后一丝光亮，今天之后什么也不会留下。空气中弥漫着灰尘、干枯花环和打蔫的祭祀鲜花的气息，花朵耷拉着脑袋，仿佛跟逝者一样沉睡着。我在灌溉水井边停下来喝了口水。那天我和往常一样没吃早餐。每天早晨上学前，我都感觉喉咙像被卡住一样无法吞咽，所以在井边喝的那口带有铁锈味的凉水是我当天吃进肚里的第一样东西。这口井很显眼，因为井边立着一个高高的十字架，上面钉着一座真人大小的耶稣像。自从离开修道院以来，这是我第一次再次站在十字架面前，站在我天上的新郎面前，站在"满是鲜血和伤口的头颅"面前。据说他的死是为了替世人赎罪。我一直不明白，为什么自己会有如此深重的罪孽。有那么一刻，我再次感受到肩头那熟悉的罪孽重担，但随后我便意识到，我已经把这一切全抛在了身后，如今我离自己尘世间的新郎近在咫尺。

令人惊讶的是，我一下就发现了母亲的坟墓。当年她下葬时，周围还没有其他坟墓，如今在一座座新坟中间，她的坟墓还是一眼就能看到：一座荒草丛生的小沙堆，多年过去依然没有下陷变为平地。其他坟墓都被精心维护着，要么竖起了矮树篱，要么围上了一圈镶边石，母亲坟墓上野蛮生长的杂草却已经快要把周围的坟墓都占领了。地衣延伸到邻近的坟墓上，野草散播着种子，第一波小伞已经从盛开的蒲公英上脱落，随风飘荡。

我的父亲，那个平日里总是无视一切德文的人，却让人在母亲的墓碑上刻了她德语化的名字：不是叶芙根尼娅（Jewgenia），而是欧金妮（Eugenie），而且去掉了她姓氏的阴性词尾。母亲来自乌克兰，碑文上却刻着："1920年出生于俄国，1956年逝世于德国。"父亲在此处也沿用了德国人的语言习惯，对他们来说，全苏联都是"俄国"，而德意志联邦共和国就是"德国"。在她德语化的名字下面有一段引自俄文《圣经》中的话，其中的西里尔字母已经难以辨认，墓碑最上方是一个俄罗斯东正教的三重十字架。

此时我又回想起，当年整个班的同学都参加了葬礼，包括那些放学后追着我喊"俄国女"的孩子们。在母亲的坟前，我第一次以受害者而非被告人的身份成为焦点。也是第一次，在生而为俄国女性的不幸中，我感觉自己被看见了。我沐浴在这全新而庄严的光芒之中。"我们所有人，"卡尔贾斯特先生说道——他是爱沙尼亚人，也是难民楼中唯一会在打招呼时脱帽的男人，他在墓旁发表悼词，"我们所有人都对这位年轻女士的死亡负有责任，因为我们都未曾对她伸出过援手。"在我看来，他说的仿佛就是我身上发生的事，仿佛现在终于不用怀疑，我受到了怎样的误解和不公平对待。

当时，父亲还在我人生中第一次也是唯一一次询问了我的意见。他想从我这儿知道，我们要不要带四岁的妹妹参加葬礼。我说，光是想象一下妹妹看到母亲尸体的画面就让人害怕，她肯定会追着母亲跳入坟墓。我对父亲说的这句话，更多是在说我自己，而不是妹妹，毕竟她根本不知道发生了什么。但我们参加葬礼时，他还是拜托了一位邻居照看妹妹。

葬礼来宾陆续来到我和父亲身边，让我们节哀，是的，也包括十岁的我。不一会儿，我就变得迷迷糊糊的，以至于当我的老师向我伸出手并告诉我，我可以随时去找她时，我混淆了自己的角色，没有回答"谢谢"，而是说了一句"深切哀悼"。话一出口，我就意识到自己做出了何等失礼之事，羞愧地大哭起来。

在母亲坟前，我还想起了一些其他事情。过去，我们有时会乘火车去纽伦堡参加俄罗斯东正教主日弥撒。弥撒在一个偏僻的小棚屋举行，房间里没有窗户，只有细长的白色蜡烛照明——数十支蜡烛立在铁制的圣餐杯中，烛光照耀在闪烁微光的金色圣像上。俄罗斯教堂中不设板凳，在上帝面前坐下被认为是不敬的，人们必须站立三个小时，或者空着肚子跪在粗糙的木板上，因为领受圣餐必须空腹。约安神父在整个弥撒过程中不断摇晃着金色香炉，烟雾从香炉中徐徐冒出，缭绕的烟雾总会让我感觉有些恶心和头晕。

尽管如此，我还是一直期待着这些难得的周日时光，因为我可以跟着教堂的唱诗班唱歌。父亲是唱诗班指挥。合唱团成员最多五六人，他们在他的指挥下极具艺术性地演唱着俄罗斯东正教礼拜歌曲，与约安神父浑厚深沉的男低音互相应和。神父身穿金色祭衣站在圣幛前方，在弥撒尾声朝我俯身，在我亲吻他的手之后，将一个盛有葡萄酒和一小块三角形发酵面饼的金色小匙送入我口中。弥撒结束后，我的父母还在门外与来教堂做弥撒的人聊了一会儿，他们是我们遇到的仅有的俄国人，也是一些四散天涯的人，在战争结束后同样设法留在了德国。母亲稍微高兴了一些，我们开始步行前往火车站，路程有点远，所以父亲把妹妹扛在了肩上。回到家，我和妹妹还吃到了蛋黄点心，这种把生蛋黄和糖混合搅打至蓬松起泡的甜点，给我们的周日教堂之行画上了圆满的句号。

约安神父也曾来我们家中拜访过几次。他深深地爱着我的母亲，每次父亲向他抱怨母亲的诸多不足时，他总是为母亲辩护，反对父亲的指责。有一次，我们一起唱《经年累月》这首歌，他完全被母亲迷住了，以至于突然从椅子上跳起来，当着父亲的面吻了她的嘴唇。我隐约意识到他做了禁忌之事，害怕地望向父亲，但父亲好像什么都没发生一样，继续唱着歌，母亲则红了脸颊，垂下眼睛，也继续唱起了那首歌。

母亲去世后，约安神父拒绝为她主持宗教葬礼——因为自杀者没有这个权利。就这样，母亲又遭受了新的诅咒，不仅这世界背弃了她，最终连上帝也抛弃了她。但是后来，也许是在对母亲的禁忌之爱的驱使下，约安神父还是来了，他主持了追思弥撒，即使地点只能选在太平间前厅。当时，我们这些信仰不同者是不允许进入墓地小教堂的。

在闭合棺木之前，约安神父请我们与母亲道别。我不明白这句话的意思，毕竟她已经死了，但父亲走到母亲的灵柩边，俯下身亲吻了她的脸颊。这是我第一次看到他这样做。记忆中，我不曾见过父亲和母亲之间有过任何身体触碰或者一丝温情，但我知道此刻自己必须和他一样。于是我走上前去，最后一次亲吻了母亲，她穿着一件怪异的白色蕾丝衬衫，黑色的头发散落在衣服上。我永远不会忘记自己的嘴唇与她光滑而了无生气的脸颊短暂触碰的感觉。她的身体比我预想中要冰冷许多，比我想象中逝者的冰冷还要冷。

我没有表，也不知道现在几点了。但是天色渐渐暗了，太阳已经落到了墓地边缘那些高大尖耸的柏树背后，不过，夜晚在我看来还有好长时间。我走在一座座坟墓中间，阅读墓碑上的铭文消磨时间。即使在太平间里见过那么多死去的德国人，我还是感到诧异，原来德国人也会死，原来他们也会遭遇这场终极失败，原来他们与我的母亲也有共同之处。只不过，德国人的死亡属于正常事件，而我却总为母亲这个俄国人的死亡感到羞愧，当被问及她为何这么年轻就去世时，我总是哑口无言。

我读着墓碑上的名字、出生地、年份、职业。来自苏台德地区的海伦·海因肯定是个胖厨娘，会烤苹果馅奶酪卷和罂粟籽蛋糕。我把来自埃格洛夫斯泰因的戈特利布·穆勒想象成一个木匠，他那双宽大、皲裂的手闻起来有木屑和胶水的味道。理查德·格拉夫出生于菲希特尔山脉一带，他一定是位风烛残年的老人，帽子拉得低低的，背驼得很厉害，好像被暴风雨折弯的云杉枝干。在一排整齐的小型墓碑前，一列曾经的德国士兵迎面走来：他们是下士、预备役士兵、步兵、炮兵和中士们。一名下士迎娶了年轻的德国新娘，炮兵们唱着激昂的德语卡农曲，一名预备役士兵跟随部队一起攻占了俄罗斯。都是些年轻的士兵，有些只有十四五岁，他们很久之前阵亡在了一场我从未听过的战争中。

我沿着这片战争公墓的墓碑走下去，给自己选了一位德国新郎。阿希姆·乌兰特，下士，1898—1917，我读道。我喜欢他名字中"阿"的明朗和"乌"的深沉。阿希姆·乌兰特娶了我，他深色的眼睛看向我，身穿制服向我鞠躬。可以请你跳舞吗？他问道。我身穿白色婚纱，挽过他的手臂，在铺有气派镶木地板和华丽吊灯的大厅里与他共舞。然而，突然之间，我意识到自己根本不会跳舞。就连玛丽·约瑟夫修女曾罕见地心情愉悦地教给我们的华尔兹和波尔卡舞步，我也忘得一干二净，更不用说那些我本来就不会的杂技摇滚舞、扭扭舞和狐步舞等现代舞了。忽然之间，走进椴树餐厅，冒险进入虎穴，在假期伊始加入德国同龄人的舞会，对我来说似乎变成了完全错误的选择。那里的人们只会取笑我，也许他们甚至都不会让我进去，就像小时候他们不允许我进入市政游泳池一样，因为在他们看来，难民楼里的人很脏，我们只会把污秽和疾病带入水中。我不知道当时坐在柜台处的女人是如何辨认出我的身份的，但是难民楼的居民无法掩饰出身，他们的外表、行为举止以及某种精神气息，总是无处不在地泄露着自己的身份。我多想此刻重新跑回难民楼，吞下贾德兰卡母亲的药片，但我已经失去了这个机会，父亲早就到家了。

一个上了年纪的肥胖女人朝我迎面走来，她一头灰白卷发，手里提着喷壶，皱着眉头扫了我一眼。除了我们两个，墓地里应该没有其他人了。这时太阳已经完全落到柏树后面，它的轮廓被尚未变暗的地平线衬托得愈发漆黑，如同剪影一般。白天还那么暖和，现在，没有了阳光直射，气温迅速下降了。万物尚没有足够的时间来积蓄热量，内部仍然封存着冬天的寒意。我坐在长椅上，冷得发抖，双腿疼痛，身体开始变得虚弱无力。我想起自己刚才饥不择食塞进嘴里的酸模叶，一种我在墓碑后面的草丛中发现的野菜，味道发苦，还有一股肥皂味。一个想法闪过：被我吃下的酸模叶其实是一剂致命毒药——尸毒，它渗入了墓园中的一切，不仅有土地，还有植物。如果这种毒药现在正流淌在我的身体里，我会死掉吗？脑中的嗡鸣愈来愈烈，我无法支撑身体坐直，昏昏沉沉地从椅子上滑落了下去。

在一片黑色浓雾中，阿达突然冲出来扑到我身上，它是我们曾经养过的牧羊犬，母亲走后不久它也去世了。我开心地把它拥入怀中。以前，它必须守卫父亲的养鸡场，那是我们搬到难民楼之后他想出的宏大的生意点子。他让人从慕尼黑的托尔斯泰图书馆寄来了有关养鸡的书籍，绘制了鸡舍图纸，在附近四处踩点，寻找合适的地方来实施他的计划，与此同时，母亲不得不一直填写各种新的银行表格，因为父亲向银行申请了一千马克的贷款——一笔天文数字，经过漫长的官僚程序后，竟然得到了批准。他与一位来自难民楼的阿塞拜疆老人一起在雷格尼茨河边的一块地皮上建造了鸡舍,地皮是向城市租借的,然后订购了一百只白色来亨鸡。显然父亲变成了他一直想成为的人:他自己的主人,就像他在卡梅申开杂货店的父亲一样。同时,他可能也为自己重新打造了童年时代的乡村世界——打鸣的公鸡,咯咯叫的母鸡,沙质土壤里种出的南瓜和土豆,给妹妹和我玩的秋千,拴着铁链的看门狗。于他而言,鸡舍背后的雷格尼茨河也许就是伏尔加河的遥远映射。

每次看到我走来,阿达都会高兴地翻来滚去。它很爱我,尽管我常常折磨它。我对它重复了母亲曾对我做过的事——以前,母亲会假装死去,用这种方式迫使我不停折腾她,直到从她身上逼出一丝生命迹象。当我对阿达进行同样残酷的考验,以试探它有多爱我时,我并未意识到自己在它面前也扮演了母亲当初的角色。我也害怕阿达感到痛苦时可能会扑过来将我咬伤,但我更渴望得到被爱的证明,这种渴望一次又一次超越了恐惧。然而阿达从未尝试这样做过,它忍受着我的一切,只会在极度痛苦中低声哀吠。

也许父亲本可以靠养鸡场过上幸福的日子,然而这个如意算盘落空了。他以为,大家会把他的新鲜鸡蛋和宰杀鸡一抢而光,结果他大错特错:我们比从前还要更加依赖救济金过活,晚上常常饿着肚子入睡。大多数时候,我们的食物只有鸡蛋或者鸡汤,本应作为我们生计来源的养鸡场,被我们自己吃光殆尽。最后,父亲别无选择,只得再次放弃他的计划。他又想起了自己的歌喉,将鸡舍和剩下的母鸡交给阿塞拜疆人,跟随哥萨克合唱团踏上了巡回演出的旅程。

阿达仍然拴在狗屋前的铁链上,但有一天它也不见了。母亲去世后,父亲彻底解散了养鸡场,阿达也因此失去了家——它也成了"流离失所者",一个无家可归的生物。父亲说,他让人用麻醉剂结束了它的生命,我崩溃了。他杀死了这个世界上唯一爱我的活物,而我一点都不怀疑,这件事是他亲手所为。我们连一根牵它的绳子都没有,他怎么可能把阿达带到兽医那里去?他连"兽医"这个词的德语都不会说,而且这座城市对他来说如同天书,他怎么可能找得到兽医?只有一种可能——他自己毒死了阿达,然后把它扔进了母亲刚刚溺亡的雷格尼茨河。

有什么东西叫醒了我。我睁开眼睛,不知自己身在何处。我的四肢冻僵了,一个小小的红色光源在黑暗中闪烁。突然间,我意识到那可能是一盏坟墓灯,在红色灯罩下闪着微光。我已经死了吗?是因为酸模叶还是贾德兰卡母亲的安眠药?难道人们没能救活我,已经把我埋葬了吗?但如果我是在地底下,又怎么能看见红色的坟墓灯呢?

我的眼睛逐渐适应了黑暗,在闪烁的灯光下,我看见一个墓碑基座和几个淡青色的印花枕头。然后我想起了一切,一跃而起。我不知道自己睡了多久,也许已经是深夜了,而且我被困在了墓园中,因为这时大门早就关闭了。我开始沿着坟墓之间的碎石路奔跑,这是黑暗中唯一一条闪着微光的小径。很快,我就迷失了方向,分不清自己是在朝着出口方向跑还是在兜圈子。每走一步我的鞋跟都会陷进碎石路面,于是我脱掉鞋子,赤着脚继续奔跑。他们在追我。我死去的母亲，死去的阿达，死去的阿希姆·乌兰特，还有墓园中所有被我惊扰了的逝者。我听到身后他们的脚步声和急促的喘息声，他们伸着只剩骨头的双手抓向我。我狂奔着逃命。

五

母亲去世大约十五年后,父亲再婚了——那是他的第三次婚姻,当时我还不知情。就在他中风之前不久,也许他已经察觉到身体快要崩溃的信号,想立刻抓住一根救命稻草。他通过报纸上的广告选中了一位退休的德国洗衣女工,她叫安娜。我不知道是谁帮他做的翻译,但肯定有这么个人,卷入了父亲这件棘手的事。

安娜是个胖胖的女人,一头白发,脸庞面团一样,还有一双狡黠的小眼睛。她的第一任丈夫在战争中阵亡,第二任丈夫酗酒而死,现在她很自豪,能嫁给一位曾经的歌手,一位俄国艺术家。她甚至搬进了难民楼,用父亲的积蓄买了一间刷有白色耐磨清漆的卧室和一间整体厨房。我完全不知道父亲竟然这么有钱,显然,他从某个时候开始像德国人一样存钱了——一个对我来说全新而陌生的举动。如今,他身陷德国洗衣女工的家居梦想之中，从前那些他在德国赖以过活的物件都被当作大件垃圾清理掉了，只有他本人被留了下来。安娜跟他打情骂俏，唤他作科拉——他一定是在某个亲密时刻向她吐露了自己的俄语小名，柯里亚。她试着训练他在家里穿拖鞋，睡觉时穿睡衣而不是内衣，但在父亲面前，所有试图使他了解德国文化的努力都撞了墙。

婚礼半年后的一天，她一把扯掉父亲身上的毯子，愤怒地让我看他瘫痪的双腿。她抱怨道，父亲从没跟她在周日散过一次步，从没带她乘车去过"弗兰肯小瑞士"，也从来不吃她做的土豆团子和大理石蛋糕。她说话时，父亲永远只会茫然地看着她，因为他连德语都听不懂，一个洗衣妇的弗兰肯方言在他耳中必然像是外星人的声音。安娜辛苦工作了一辈子，盼望着至少在自己晚年时能享点福，也正因此对父亲失望透顶。他不仅证明了自己是个俄国野蛮人，而且很快证明了自己还是一个需要护理的病人，是生活压在她身上的新负担。她为了脱身想尽了一切办法，最终成功在几周内给他在养老院找了个床位。就这点而言，他的婚姻还是有意义的。多亏他的德国妻子，他得以在养老院寻到一份保障，尽管是以他的全部积蓄为代价。如果只靠自己他永远也做不到这点，也许就此在中风那晚跌倒的地方一睡不醒。

后来我很少再听到安娜的消息了。她在难民楼那个装有时髦新家具的家里又住了几年，一直盼望着这场错误姻缘能至少给她带来一点寡妇金，但她低估了他。他一直活着，而她早早死在了他前面，而且同样是在养老院。

自从搬出婚后居所，他的生存问题再次落入社会救济所的管辖范围。救济所征收了他的退休金，用于支付他在一间朴素教会机构的住宿费用，每月的数额大约相当于一辆二手小汽车的价格。此外，他每个月会收到九十马克左右的零用钱，其中一大部分花在了饮食上，因为他很抗拒德国疗养院的饭菜，就像抗拒他德国妻子的烹饪手艺一样。只要他还能走到街对面的超市，他就会给自己买些类似俄国食物的东西，像沙丁鱼、羊乳酪、辣椒和生酸菜，撒上胡椒粉，然后用油浸起来。直到后来，他日渐虚弱，再也去不了超市，只能屈服于德国饭菜，吃养老院里人人都吃的食物：美极酱油汤、纤维粗糙的肉类、煮过头的蔬菜、撒上酸黄瓜丁的火腿薄片，还有像硬纸板一样的黑面包加一小块来自黄油山①的黄油，从包装来看，早就过期了。

他的房间里陈设着上一个房客去世后无人认领的家具。那是画册中标准的廉价青少年房间。他从妻子安娜的小资产阶级家居梦，最终落到了养老院的一间中学生宿舍。在生命的尽头，他似乎一劳永逸地来到了异乡，不仅在空间上，也在时间上抵达了另一个尽头。

至少，在生命的最后几年里，他的房间里有了电话和电视。

---

① 指西欧国家在20世纪70年代末至2007年由于政府干预而持续过量生产黄油的现象。20世纪50年代，由于农业产品产量不足，政府出台补贴政策，使农民能够以国家保证的收购价格出售大部分产品，该政策导致谷物、牲畜、牛奶和黄油等产量猛增，直到20世纪70年代末产量超过需求。类似现象也被形容为粮食山、牛肉山、牛奶湖等。——译者注

为了应对紧急情况，我先让人安装了电话，以便他在需要帮助时可以联系到我。当他的视力越来越差，无法再阅读时，我给他买了电视。出乎我的意料，他真的打开电视看了。他最喜欢看音乐节目和动物题材电影，也喜欢马戏团表演和有关神童的节目。无论如何，电视终于进入了他的生活，对他来说，那是一个无声的影像世界。

有时他会去听一场在养老院餐厅举行的民乐音乐会，有时他会站在门厅的鸟舍前，透过铁丝网跟鸟儿交谈，鸟儿看起来也在专心致志听他说话。也许他是在俄国学会的鸟语。他出生在卡梅申市一个小杂货店老板家中，长子，下面还有三个弟弟。他一定是在一栋简陋的小房子里长大的，房子既是店铺，又是住房，晚上点的是煤油灯，冬天睡在炉子边。

沙皇俄国的贵族大地主和商人过着穷奢极侈的生活，人民却穷苦不堪。在卡梅申，人们采集蘑菇和浆果，他们主要靠伏尔加河里的鱼生存，伏尔加河也被称为"伟大的母亲"。鱼是主要的食物，人们煮着吃，煎着吃，还会腌制或晒干后吃。到了冬天，人们就把白菜、黄瓜、西红柿和苹果放进木桶，存放在堆满冰或者雪的地窖中。

伏尔加河发源于莫斯科西北部的瓦尔代丘陵，流至俄罗斯南部的阿斯特拉罕后注入里海，是一条全长三千五百多公里的航运干道，也是整个俄国的神经中枢和主动脉。当时伏尔加河上还有纤夫，他们是居无定所的廉价劳动力，代表着单调乏味且超越人类极限的苦力，也象征着俄国人经受苦难的能力。一队背着纤绳的男人们奋力拉着木筏、货船和轮船逆流前行，远远就能听到他们有节奏地唱着苍凉的纤夫号子，以此相互鼓劲儿，统一步调。

小时候，我经常从父亲口中听到阿列克谢·马列西耶夫这个名字。这个人也来自卡梅申，是俄罗斯的传奇人物。他是一名战斗机飞行员，在第二次世界大战中失去了双腿，然而，经过与身体残疾的长期顽强斗争，他重新回到了战斗机飞行员的岗位，并再次击落五架敌机。他累计参加过八十六次空战，包括库尔斯克会战，也就是历史上规模最大的军事行动之一——希特勒的堡垒计划。战后，阿列克谢·马列西耶夫的故事被写进书里，他也成为谢尔盖·普罗科菲耶夫创作的歌剧《真正的人》的原型。甚至有一颗小行星以他的名字命名。父亲总是谈论他的英雄事迹，就像他是他的好朋友或家人。

不过，他最爱谈起的还是有名的卡梅申西瓜。对父亲来说，那些西瓜一定裹藏了他童年时代、甚至整个人生中关于甜蜜的记忆。那时，人们会在膝盖上直接掰开一个瓜，然后把脸整个埋进鲜红多汁的瓜瓤里。据说，彼得一世视察这座城市时，对款待他的这种水果大为满意，以至于他下令用铜铸造一个西瓜，用来装饰市政大楼的尖顶。直到今天，卡梅申市还会庆祝西瓜节，人们装扮成西瓜的样子，开展西瓜大战，举办西瓜比赛，为该地最大最重的西瓜颁奖。

尽管当时的政治环境已经招致民怨沸腾，越来越多的人开始反抗沙俄统治下的社会不公，但父亲的童年仍然深受俄罗斯东正教教历的影响。当时多数儿童都是文盲，他却上了一所教会学校，还在教堂唱诗班中担任唱歌的男童，明亮清脆的男高音早早得到了训练。也许他的嗓音正是他能够上学的原因，因为俄罗斯教会常年为唱诗班招募好嗓子，对有歌唱才华的孩子照顾有加。显然，他在教堂的庇护下过得很惬意，因为他总是聊起各种基督教节日。

比如谢肉节，这是复活节前长长的大斋期开始之前庆祝的节日。人们挨家挨户拜访亲朋好友，请求他们宽恕自己在过去一年中犯下的过错。家家户户都可以吃到加了满满黄油的烤薄饼，为了和解，还会配上伏特加把酒言欢，因此，不少人在请罪结束后已经喝得酩酊大醉，回家时脚步踉跄。在接下来的大斋期中，人们要遵守严苛的饮食限制，能吃的食物仅限于荞麦糁，以及用为过冬储存的土豆、甜菜和腌黄瓜做成的素食沙拉。复活节是俄罗斯教会年历中最重要的节日。

与卡梅申庆祝的复活节之夜相比，小时候我在纽伦堡临时教堂中经历过的复活节弥撒只能算小巫见大巫。弥撒由约安神父主持，星期六晚上开始，一直到午夜之后。开始时，昏暗到几乎全黑的教堂中厅里响起长时间的祈祷和挽歌，整个中厅仿佛充斥着诅咒和无法慰藉的悲伤。接着，快到午夜时，人们围绕教堂列队游行，约安神父在队伍前面双手高举十字架，身旁两位执事举着圣像条幅并祈祷。外面寒冷而黑暗，沉睡中的德国街道上一场怪异的游行行进着，不独悲伤，恐惧也同样达到了顶峰，担心下一刻某扇窗户就会打开，我们会因喧嚣扰攘而遭到辱骂和驱赶。然而，我们还是重新回到教堂，迎接我们的是无数蜡烛发出的耀眼光芒。约安神父身着红金相间的长袍走进圣幛门，宣布道："耶稣复活了。"我在父亲的指示下跟着教堂唱诗班一起高喊："他真的复活了。"然后，所有人都互相亲吻了三次。

父亲总是说，对于卡梅申的年轻人来说，这是一次平时不可能实现的接近异性的机会。第二天清晨，趁着复活节还未过去，人们再次走亲访友，祝福彼此节日快乐。一切都与谢肉节的程序相同，只不过他们现在洁净了，无罪了，被耶稣救赎了——为此当然也要豪饮伏特加庆祝。他们还会看望在沙皇监狱中受苦的囚犯，给他们带去供奉过的鸡蛋和复活节面包。

接下来是圣灵降临节，女孩们穿上色彩鲜艳的萨拉凡①，头戴花环。人们用白桦树枝装饰门廊和房间，在地面上铺满鲜草，直到这一周结束。我记得这种习俗我们曾遵循过一次，那时父母可能仍然试图在难民楼中打造一个微型俄国之类的世界。根据儒略历，在圣灵降临节首日前夕，我们带着麻袋出门，沿着河漫滩拔草，然后把草带回家撒在厨房里。父母允许妹妹和我在草上赤脚嬉戏，一整夜家里都散发着新割过的草坪的味道。然而，第二天，他们就不知因为什么而生气地吵了起来，草又被清理掉了。

在卡梅申，圣灵降临节也是游泳季的开始。父亲在伏尔加

---

① 俄罗斯传统服饰，款式多为无袖宽松连衣裙。——译者注

河里成长为一个无所畏惧的游泳健将,后来在德国,他也总是扎进洪流中游泳。在俄国,人们主要在河里游泳,温暖的夏日傍晚,人们会聚在岸边一起喝酒,喝到神志不清后扎进河水里降温。这一定也是俄国有如此多人溺亡的原因。溺水身亡是俄国文学中的有名题材之一,无数诗歌、曲目和短篇小说都写过溺水者及其恐怖的出场方式——例如普希金有一首著名的诗中提到,孩子们用渔网把一具溺水死尸拉到了岸上。[①] 毫无疑问,母亲从小就熟悉这种题材,也许这也促使她选择了溺水作为自杀方式,更何况在家门外就有一条河。

1900年,父亲出生的那一年,里尔克与莎乐美一同访问了俄国,此行对里尔克来说成为一次觉醒事件。他在一篇题为《俄国艺术》的文章中写道:

> 东方这片辽阔的大地,唯一一个上帝仍与人间联结的国度,至今仍是殉难者的年代。邻近的文化在狂热发展,它自己也气息尚存,但却在缓慢而犹疑不决中前行。西方世界……似乎在顷刻之间便兴发起来,而在西方周围,在留里克王朝,上帝创世的第一天仍在继续。

里尔克似乎丝毫未察觉到当时在俄国已有明显征兆的历史

[①] 出自普希金《溺死鬼》:一群孩子往茅屋里跑,/慌慌张张地喊父亲:/阿爸!阿爸!我们的网啊,/从河里拉起来一个死人。——译者注

剧变，也没有察觉到飓风般激烈的事态发展，几乎一夜之间，父亲的世界被摧毁了。在此之前，父亲十二三岁时，他的父母已经在一场伤寒瘟疫中去世，剩下他与三个弟弟相依为命，从那时起他就扛起了养家糊口的重担。为了不让弟弟们和自己饿死，他卖掉父母的小房子，换得了一袋面粉。

到这里，父亲的人生故事总是出现断点——仿佛在那之后再也没有发生任何事，仿佛这里就是故事的结局。我从来不知道，那袋面粉吃完之后发生了什么，他和三个弟弟之后是如何继续生活的。是某个亲戚收养了他们，还是他们去了孤儿院，又或者他们加入了臭名昭著的俄国流浪儿大军？特别是十月革命之后，俄国有大批儿童流落街头，在全国各地流浪。十月革命、沙俄覆灭、苏俄内战、日复一日的枪林弹雨和烧杀抢掠，他是如何应对这一切的？还有1921年的苏俄大饥荒，当时强制农业集体化害死了数百万人，活着的人甚至没有力气掩埋遍地饿殍。在斯大林上台后的"大恐怖"时期，在大清洗期间，无数人在晚上被带走，再也没有回来，那时他在哪里？在后来的德国侵略战争中，他又是怎么幸存下来的？根据最新统计，在这场战争中，总计有三千万苏联公民遇害。

从父亲的话中可以推断出的是，他从未上过前线。那么他是如何设法逃脱兵役这一首要爱国义务的？是当时四十三岁的他已经超龄，还是他因为健康原因得到豁免，又或者是其他岗位缺他不可？他又是如何恰好在1936年大清洗高峰时抵达乌克兰南部的？他是为了躲避危险才逃往偏远的亚速海港口小城马里乌波尔的吗？是因为害怕遭到报复吗？他又是从哪里逃走的呢，是从卡梅申，还是那时他已经生活在辽阔苏联大地的其他地区了？他是如何与出身完全不同的母亲相遇的？是什么把他这样一个平民出身的男人，与一个来自受迫害的乌克兰贵族和意大利富商家族，且比他年轻二十岁、美貌惊人、又有几分脆弱的女孩联系在了一起？最终他又是如何跟这个女人一同抵达德国的？他是自愿报名成为劳工，还是和妻子一起被强制驱逐出境的？

对于这一切，我一无所知。我从不敢触碰他的沉默，这沉默无疑来自那个时代。当时在苏联，说话本身就是一种危险，不小心说错一句话可能就会掉脑袋，渐渐地，沉默在俄国变得愈加平常，融入了人们待人接物的方式和日常生活的习惯之中。直到后来我才意识到，我自己是在双重沉默中长大的：来自俄国父母和德国环境的双重沉默。我的父母跟德国人对不同的事情保持着沉默，所以生活中存在两种我不得而知的真相，我只能感觉到那些没说出口或不可言说的话，时时处处，好似穿不透的浓雾，又像空气中的氮气，被我不断吸入体内。

当我每隔一周去养老院探望父亲时，我们会谈论天气和他的病情，或者玩多米诺骨牌。中风后，烟草对他来说成了禁忌，但跟我在一起时，尽管一抽烟就咳嗽，他还是会兴致勃勃地抽上一根我自制的卷烟。我不知道对他来说，除了这支烟以外，我的探访是否还有其他意义，还是更多是一种打扰，因为他早就不习惯与人交往了。仇恨与怜悯在我体内交织——我恨自己童年和青年时代的父亲，又怜悯现在这个孤独、患病的老人。从始至终，我的生活都未能挣脱他。过去，他用暴力将我禁锢在身边，现在，他则用自己的痛苦和无助把我锁住，这比他过去的强行占有更让人难以反抗。

有一天，我有了一个惊人的发现。当时，父亲拄着拐杖，拖着蹒跚碎步去了洗手间，我无意中拿起放在桌上的洗衣簿，并在封底瞥见了一个父亲手写的莫斯科地址。上面没有收件人的名字，但门牌号表明这是一个家庭住址。这个地址最引人注意的地方在于，父亲把它记在了一个如此不合时宜的地方。他和俄罗斯还有秘密联系吗？虽然感觉不可思议，但我还是迅速把地址抄在便笺上，塞进了手提包。

六

我醒了，不知自己身在何处。周围是一片黑暗冰冷的虚无，不远处一个红点在闪烁。我动弹不得，感觉不到四肢的存在。我还躺在墓园的长凳上吗？黑暗中的红色光点是不是那会儿见过的坟墓灯？被关在墓园的我从逝者手中惊恐逃命，我翻过墓园大门，把高跟鞋提在手里，穿过黑暗的小巷跑到阅兵广场，这一切，都只是在做梦吗？

渐渐地，我的记忆恢复了。那不是梦，我的确去过椴树餐厅，还跳了舞。我瞬间便理解了音乐的语言，一切恐惧和束缚都烟消云散。跳舞时，所有隔阂与差异顷刻瓦解，我融入了舞动的人群。仿佛我的身体一直在等待这些动作，仿佛跳舞开启了我的生命。我终于自由了。我沉迷于这场随节奏摇摆的独特盛宴。播放摇滚乐时，我的双脚几乎没有着过地，我蹦，就像身体是橡胶做的一样，我跳，在舞伴带动下快速旋转、摇摆，转进又转出,像飞一样。身体的重力像是消失了。

两支快舞之后,慢舞开始了,灯光逐渐变暗,只剩一抹泛红的微光。实际上,人们根本没在跳舞,而是两两成对,随着音乐摇摆。"我可以告诉你,星星中有什么"[①],"爱我,永远永远"[②]——一双手臂环住了我,一张湿濡发热的脸颊贴了过来,一个陌生又汗涔涔的身体向我靠近。

在此之前,我生活中只跟男孩子有过一次身体接触。那还是在去修道院之前,我在难民楼的玩伴布兰科让我跟他去我们家的地下室。我本以为他在那藏了什么有意思的东西,结果他却在黑暗中把我推到墙上,下一秒我便感觉到他的嘴唇覆盖在了我的唇上。他的嘴唇出奇地厚而温热。我呆滞了片刻,随后挣脱他跑了出去。后来,我开始回味这种碰触,愈发觉得它没那么危险,反而具有诱惑力,令人向往。这段记忆伴随我度过了修道院中的岁月,有时我会想象,布兰科是外面世界中唯一一个等着我的人。但是当我再回到难民楼时,他已经不在人世了。据说,他因单恋一个德国女孩未果而卧轨自杀。

与我共舞的是一个叫格奥尔格的男孩。他愈发贪婪地抱住我,还试图亲吻我。从他口中,我第一次听到了渴望已久的来自德国男孩的情话。但格奥尔格吸引我的仅限于他是另外一个

[①] 意大利裔德国歌手兼演员维托里奥·卡萨格兰(Vittorio Casagrande)的歌曲《Liebe, die nie vergeht》中的歌词。——译者注
[②] 20世纪60年代的荷兰摇滚乐队蓝色钻石(Blue Diamonds)的歌曲《Liebe Mich》中的歌词。——译者注

人的朋友。而这另外一个人，从一进门我便认出，他就是我今天会遇见的那个命中注定的人。他没有跳舞，而是穿着黑色皮夹克坐在一张空桌子旁——一个和我一样的局外人，这似乎正是他眼中自己的高贵之处。显然，他来这里只是为了让其他人知道，他不想与他们为伍。尽管如此，这个局外人才是这里的秘密统治者，因为他敢于拒绝。我跟格奥尔格跳舞，只是为了吸引这个人的目光。终于，他看见了我，终于，我在他眼中有了存在感，那个有着乌兰特的深邃眼睛和阿希姆的明亮脸庞的德国男孩。我一定是凭本能认出他就是我的德国另一半。后来我了解到，他来自磨坊小溪边上的贫民楼，自小没有母亲，跟着粗暴又酗酒的父亲长大。他也曾在高墙之内度过好些年，那是一所少年感化院。他靠着打零工和偷窃勉强过活，是一个注定未来会坐牢的小贼。偏偏，我就选择了他——一个自身尚且难保、更完全不需要像我这样累赘的人，作我的救星。

当我回到难民楼时，已经是后半夜了。门打不开，因为不仅门从里面锁上了，钥匙还插在了锁眼上。我别无选择，只能按门铃，但即便我按了两次、三次，父亲也没有开门。我满怀希望地想到，也许他已经死了。没错，他一定是死了，因为他没有出来当场打死我。我开始疯狂按门铃，至少妹妹应该能听见，然而，不知过了多久，我听见的是父亲的脚步声正在靠近。在睡眠被我打扰，现在他可能对我已经怒不可遏，我害怕他的出现，但这种恐惧实属杞人忧天，他根本没有开门。"你来这里干什么？"我听到他在门后问。"滚！我家容不下一个妓女。"

起初我想上阁楼，但是那里也上了锁。我尝试去了地下室，那里存放着我们过去生活的全部家当，它们跟着我们辗转于一个个棚屋和强制营地，直到我们在难民楼落脚，从慈善组织那里获赠了一些旧家具，以前赖以栖身的这堆破烂就都搬到了地下室。我原本希望能在那里找到些御寒的东西，但那扇门也被锁了。唯一还开着的是那个我们用来存放煤炭的狭小隔间。一开始我躺在地上，后来发现煤块比水泥要暖和一些。就这样，我蜷缩在角落里的一小堆硬煤上睡着了。

当我第二次醒来时，黑暗中有一个红色光点凝视着我，那是感应灯开关上的红色小发光二极管，透过地下室门板映射出来。我再次感觉自己好像只是睡在煤堆上，做了一个梦，但不对，在椴树餐厅跳舞之后，我确实坐上了阿希姆·乌兰特的轻便摩托车，整夜与他同行。这次骑行在我看来就像一场绑架，又像是奇特的拐卖，但他骑着摩托，伴着震耳欲聋的轰鸣声在深夜沉睡的街道上疾驰了半个钟头后，却将我放在了难民楼前的路缘石边。我知道"舌吻"这个词，但我从不相信男人和女人真的会那样做。此刻，阿希姆·乌兰特的舌头抵在我的牙齿上，我明白我必须张开嘴巴。感觉就像一只湿润的小动物闯入了我口中，想要触碰我的舌头。他用力揽我入怀，吮吸着我的嘴唇，我闻到他的皮肤混合着皮革的气味，然而，在我真正明白发生了什么之前，一切就都结束了。阿希姆·乌兰特放开我，悲伤地望着我笑了一下，捋了捋凌乱的头发，之后跳上摩托车，头也不回地绝尘而去。我曾经确定，我们永远不会分开，然而现在我却穿着一条单薄的美式连衣裙站在路边瑟瑟发抖，听着他摩托车的轰鸣离我远去。就好像他打开了一扇门，又立刻把它关上了，又好像他只是想向我展示我无法拥有的一切。

不知又过去了多久，也许中间我又睡着了一次，清晨的阳光透过地下室的天窗照了进来。我的身体冻僵得厉害，不得不一个关节一个关节地慢慢舒展，直到能站起来。我的双脚刺痛，就像踩在碎玻璃上。我咳了起来，煤粉蜇得眼睛和嘴巴灼痛。我拖着疲惫的脚步爬上楼，发现钥匙仍然插在里面的门上，但这次，父亲在我按铃后打开了门。一切都瞬间映入了他的眼帘：红色高跟鞋，煤窖，德国椴树餐厅，当然还有阿希姆·乌兰特。他看出来了，我没有"退路"，在我打算逃往的德国世界中没人想要我。脚踩红色高跟鞋，从头到脚沾满煤粉，这样的组合使我身上的一切都变得透明可见，而我此刻以这种完全透明的祈求者姿态站在他面前，似乎也让他变得宽容起来。他让我进来，一言不发地打开我房间的门，把我锁在了里面。我脱掉破旧的塔夫绸连衣裙，蜷缩在温暖而撒满阳光的床上，沉沉睡去。

再次醒来时，房间里的光线显示已经是下午了。我在床上惊坐起来，侧耳倾听门外的动静。那天是星期六，是清扫和沐浴的日子，通常这个时间点我已经在干活了。而现在，公寓里一片寂静。不知听了多久，还是什么声响都没有。这是什么意思？父亲是不是已经去修道院帮我登记了？他是不是还带着妹妹当翻译？我悄悄溜到门边，拧了一下门把手——门依然锁着。我的脚趾肿了，像淡红色的樱桃一样泛着亮光，隐隐发痒。我小心翼翼地打开吱呀作响的衣橱门，母亲的衣服曾经挂在里面。父亲当年从巴黎给她带回了一款深蓝色瓶子的香水，过了这么多年，依然能闻到一丝淡淡的香气。我掀开柜子底部泛黄的报纸：我的成绩单还在那里，没被动过。

我暂时松了一口气，重新钻回床上，闭起双眼，想象自己回到路缘石边，回到了阿希姆·乌兰特的怀抱中。我不断回放这段记忆，想永远停留在亲吻那一刻，但我无法阻止它结束，回忆不得不一次又一次从头开始。和他一起的那场狂野夜骑到现在仍然令我晕眩，感觉就像不间断地坐了半小时过山车一样。当轰鸣的摩托车在弯道倾斜向地面时，我可以更紧地抱住他的上半身，我尖叫着，但并不害怕，恰恰相反——如果我们发生了车祸，双双死亡，那就没有任何事能让我们分离了。为什么他吻了我，然后又突然离开？他不知道我不能再回到父亲身边吗？他不是了解我的一切吗？

时间一分一分过去，家里依然没有任何动静，显然确实没人在家。现在我该怎么办？等待我的判决执行吗？我再次起身，打开窗户向外眺望，目光寻找着遥远的城市边缘，那里现在有我认识的阿希姆·乌兰特。这里并不总让我感觉是世界末日，小时候，家门外的这片旷野常常带给我无穷幸福。这是我们的地盘，我们的领地，我们在这里享受着边缘人的自由。这里是一片未开垦的处女地——一份来自那些不想让我们在城市中出现的人的馈赠。我们自成一个部落，成群结队地走过四季，我们相互簇拥着，闯过灌木丛、矮树林和荨麻丛，我们在砾石坑中、河漫滩边闲逛，把硬纸板绑在身后，从积雪覆盖的斜坡上呼啸而下，我们在鬼魅的暮色中畅游，以野生梨子和偷来的鸟蛋为食，我们分成敌对军队，而后又重新合并成一个国家。

有一次，我独自离开家，越走越远，很快就不知道自己身在何处了。目之所及，森林和田野连在一起分辨不清。突然，在吉卜赛人棚屋后很远的某个地方，我眼前出现了一个栅栏，它背后是一处几近坍塌的农庄。尽管那是一个炎热的夏日，烟囱里却冒出一缕烟雾：这是唯一表明有人居住在此的标志。就在那时，一个可怖的身影从铁丝栅栏后面的灌木丛中冒了出来。此前我从未见过类似的东西，一种让人无法分辨究竟是人还是动物的生物。它那杂乱、肮脏的头发中混杂着稻草，嘴巴、鼻子和眼睛都在向外滴水，一张结痂的麻风脸遮住了本来的面目。

我站在原地，双脚像生了根一样，无法逃脱。一根棍子从那个生物手上掉落下来，它用满是脏污的双手紧紧抓住栅栏，舔着生锈的铁丝，狂吠着摇晃铁丝网，仿佛要把隔在我们之间的栅栏吃掉。我不知所措地盯着眼前这个生物，它古怪的样子似乎也映照出了我自己身上某些极端的东西。

直到农庄前出现的这个身影发出了威胁性的男人声响，我才动了起来。仿佛得到一个等待已久的信号，我脚掌离地，跑了起来。我惊慌失措，仿佛再也逃不脱刚才看到的一切，仿佛下一刻它就会从背后发起袭击，把我拖入它的世界。我没命地奔跑，上气不接下气，也许方向还错了，我不确定，直到远处出现了闪耀着蓝色光芒的夏日河流。现在，我不会错过回家的路了。

长久以来，我的生活总在外面。家对我来说永远只是一种压迫，是长期施加于我身上的暴力。我总是被困住，也一直想逃离，至少要逃进院子里，至少要逃去河漫滩和砾石坑的自由之中。我长期陷入对远方的向往，如同母亲的乡愁，只不过让我心心念念的不是乌克兰，而是近在家门前的德国。如今，这种念想有了一个名字：阿希姆·乌兰特。

很快，我便有了计划。我穿上那套在学校运动时穿的、已经褪色的运动服，收拾好行李，把行李提前从窗户扔到房后的草地上之后，我爬出敞开的窗子，尽可能低地向下滑，然后把手从窗台上松开。发痒的双脚着地时，我疼得哀嚎了一声。我房间的窗户就挨着父亲的卧室，有那么一会儿，我觉得挂在上面的碎布片好像移动了。我抓起行李，就从通往洗衣房的室外楼梯上跑下来。如果洗衣房的门是锁着的，我的整个计划就泡汤了，不过，我们邻居向来无视要锁门的规矩，这一点还是能指望上的。我穿过敞开的房门，溜进了那间暮色中光秃秃的石头房间。我对这里很熟悉。

大约每个月我都会在这里洗一次衣服。我得先浸泡衣物，第二天烧热洗衣锅炉[①]，把衣物在锅里煮一会儿，同时用木棍不停搅动，然后把它们一件一件放入铁桶，在洗衣板上搓洗。花几个小时完成这部分工序后，就该漂洗了，冬天时要在冰冷到

[①] 过去德国家庭中常见的洗衣设备，上部为煮洗容器，下部为加热炉灶。20世纪60年代洗衣机开始普及后，洗衣锅炉逐渐退出历史舞台。——译者注

把手冻裂的水中连续漂洗三到四次。而最困难的部分还是拧干那些我两只手都握不过来的大件衣物，我只能一点一点把水挤掉，直到至少不再有水滴下来。夏天我会把衣物挂在房后的晾衣区，冬天只能挂在阁楼上，不一会儿它们就会结冰冻住，变得纸板一样僵硬。

为了熨衣服，我们在厨房桌子上铺了一块旧的美军毛毯，上面已经有了很多烫焦的洞。生锈的笨重熨斗必须不停放到炉子上重新加热，为此我在夏天也要专门烧热炉子。熨烫父亲的衬衫对我来说尤为痛苦。他不能容忍衣服有一丝折痕，但每当我熨平一道折痕，其他地方就会出现一道新的。我不停地熨啊熨，手上都烫了水泡，而在此之前要进行的程序，对我来说更是一场灾难。父亲在开始洗衣之前会先检查一遍脏衣服，我必须站在一旁看着。我不明白他究竟在检查什么，似乎他只是想向我宣示他对我的无限权力，以及我在这项权力面前的无限软弱。他对我的内裤尤其感兴趣，指尖和目光在上面肆意游走，而我就站在他身旁，羞耻至极。我感觉自己不仅赤身裸体，就连身体最深处都透明可见：我就是父亲手中把玩的内衣裤，任由他处置。

当我此刻赤裸着身子站在洗衣房中，试着用软管中流出的冷水冲洗掉毛孔中的煤粉时，我又想起了晾衣竿的故事。小时候，我用它们来玩滑行游戏。我爬上其中一根晾衣竿，在上面逗留片刻，预感着即将享受到的快乐。然后，我把手放开，双腿紧扣住晾衣竿，身体瞬间向下滑去。很快我会再次爬上去，游戏重新开始。

有一天，在向下滑行的过程中，突然有一股吸力攫住了我，力量强大到我身体发麻，摔在了草地上。我不知道发生了什么，这种情况从未有过，一种小腹喷涌的感觉。我躺在草地上，太阳穴突突直跳，我以为自己得了重病，可能就要死了。我在对死亡的恐惧中惴惴不安了几天，一遍遍回到晾衣竿那里，观察着它们，试图弄清发生了什么。后来，这种症状再也没有显露，一切似乎都没有想的那么严重，既没有疼痛，也没有出现麻风，我的恐惧逐渐消退了。之后，我重新鼓起勇气，再次爬上晾衣竿，让自己滑下来，我连续这样做了好几次，但"晾衣竿症"并未复发。渐渐地，我开始感觉有些遗憾，后来发现，即使不用晾衣竿也可以引发症状，这种喷涌之感可以反复出现，一直持续，而且不会带来任何后果。我一遍又一遍探究着自己身体内的这个不解之谜，不能自拔。

直到进入修道院后，我才发现这件事有多严重。我陷入了不贞的大罪，这是一名女性所能犯下的最严重的罪行，而所有推荐我们用来对抗这种罪行的办法——祷告、禁食、禁水和供奉，以及向圣母玛利亚和圣安东尼祈祷——在我身上不仅悉数失效，而且还助长了我这种秘密恶习，我对抗得越激烈，它势头越盛。当主教授予我那项史无前例的特权——作为非天主教徒参加告解和圣体的圣事，我通往地狱的终极堕落也开始了。我第一次在告解室中跪下，那是一个狭窄昏暗的小房间，里面有一名神父在格栅后面倾听我说话，而我没能将不贞的罪行说出口。靠着隐瞒和欺骗，我骗取了宽恕。第二天，我必须去参加圣体仪式，因为如果我不去，就等于向所有人公开了我的罪孽。在那一刻，当小教堂中诵读弥撒经文的年轻神父把白色的圣饼放在我的舌头上时，我就永远迷失了。谁在领受圣体时心中还背负着未经忏悔的大罪，那个人就犯下了永远无法偿还的罪孽，即使再次忏悔也无济于事。日复一日，我身上的罪孽愈加深重，因为我还在继续参加圣体仪式，同时又无法戒掉恶习。我的罪孽多到罄竹难书，尽管这其实根本不重要了，反正我已经难逃地狱。

绝望之中，我紧紧抓住玛丽·约瑟夫修女曾经讲给我们的一个故事。一个陷入不贞罪的坏女人每天都会按照过去的习惯诵念《圣母经》，尽管她早已背弃信仰。她去世后，每一次诵念的《圣母经》都变成了绳子上的一颗珠子，这根绳子长到她可以顺着它爬上天堂。玛丽·约瑟夫修女虽然不曾说过这个女人犯下的是不可饶恕的罪过，但如果我祈祷的次数比她多，不是每天一次《圣母经》，而是每天数百次，那么到我死时就有成千上万次了，也许这样我也会有渺茫的机会，靠一条长长的珠串爬上天堂。我几乎一刻不停地忙着让珠子变多——无论手头在做什么，我都会祈祷。如同流水线女工一般，我将《圣母经》诵念了一遍又一遍。

幸运的是，我在洗衣房中找到了一块肥皂和一把刷子。软管中流出的冷水让我想起了在煤窖度过的那个夜晚，但是我脚上的瘙痒止住了，就好像那晚以来的寒冷才是我双脚适应的温度。我用一条专门打包进行李的旧裙子擦干身体，接着穿上干净的内裤，外面套上一条淡绿色紧身连衣裙，我从未见母亲穿过这条裙子，但它肯定也是来自美国的包裹之一。这条裙子对我来说太大了，不过系上红色腰带后人们可能会以为它原本的设计就是这样。然后，我把自己冻僵肿胀的双脚重新塞回红色高跟鞋里，鞋上那晚煤窖之夜的痕迹清晰可见。尽管我用涂抹过肥皂的刷子处理了很长时间，把鞋子擦得锃亮，仍然无法完全清除上面的黑色煤粉。它们已经永久渗入了皮革，渗入了这抹禁忌的红色之中。

七

这只是一段模糊的记忆。十岁那年,我坐在一列火车上,脖子上挂着一块纸牌,上面写着我的名字。月台上,我的母亲含泪追着火车奔跑,直到再也看不见我。她哭泣的面容伴我踏上了旅程。

下一段记忆是一辆载满孩子的公共汽车。车程很长,孩子们一个接一个被接走,或者被送到了某个地方,最后只剩下我和汽车司机。天已经黑了,他找不到我要去的地址。而且他听不懂我说的话,因为他只讲法语。这是我之前最害怕的事——我要去的是比利时的法语区。我每天都在祈祷:亲爱的上帝,请让我去比利时的德语区,实在不行弗兰德地区也可以,但请不要让我去法语区。然而如今我就在这里。我独自一人坐在偌大的公共汽车上,而司机不知道该把我带往何处。后来,他把我带到了一个村子边上,留在两名修女身边,她们沉默地看着我,显然也不知道该如何是好。她们也说法语，我同样听不懂。修女们友善而无奈地冲我笑笑，其中一人递给我一颗闪闪发亮的大橙子，那是我人生中的第一个橙子。

她们领我来到一个房间，我整夜未眠，闻着手里的橙子皮，听着隔壁大座钟的敲击声。我差点就接受了要在这栋昏暗的房子里伴着墙上沉默的十字架和圣像，和戴着面纱的修女一起度过半年时光这件事，但是第二天我就被接走了。一个有着棕色卷发的年轻女人唤我作娜塔莉，她接过我的手提箱，牵着我的手，领我走在一条杳无人迹的小路上，小路两旁是草地和田野，她也对我说着法语。"娜塔莉，"她指着我说道，然后指向自己，"艾达。"她戴着一副无框眼镜，后面的一双眼睛明亮又笑意盈盈。

之后我来到了一座人很多的房子里，他们正坐在一张又大又长的桌边吃饭。所有人都讲法语。我一生从未感觉如此孤独和陌生。因为太害怕，我躲到一个贴了绿色瓷砖的庞然大物后面，感觉自己仿佛被放逐到了另外一个恐怖的星球。接下来我身上还会发生什么？我不知自己身在何处，等待着祸事降临，然而那群陌生人什么都没有对我做，任由我蹲在炉子后面的角落里。他们甚至没有试图劝我做任何事，就这样放任我不管。我从没遇到过这种情况。在我的认知中，我总是必须做些什么，大人们会对我发号施令，而我必须服从。然而在这里，我甚至不必与其他人一起坐到桌旁，我可以待在自己的角落，而且不需要吃桌上那些闻起来怪怪的食物。这时，艾达走过来，在我面前放了一碗牛奶，冲我微笑着，又说了一些我听不懂的话。

渐渐地，人们一个接一个走过来，每个人都在我面前的地上放了些东西：一个脸颊像樱桃般红扑扑的女孩放下了一只眼睛被扯坏的小泰迪熊，一个高个子男孩留下了几根锡纸包装的巧克力条，另一个人放下了一套陀螺和鞭子。所有过来送东西给我的人都有一头卷发，浅色的、棕色的，黑色的最多。生平第一次，我遇到了其他孩子向我示好，而且大人们对我也完全没有非难，而是默默赞许。

不知什么时候，当我的寄养父母埃弗拉德夫妇和他们的十个孩子（其中艾达年龄最大）都吃完饭时，我才意识到自己有多饿。我小心翼翼地从躲藏处爬出来，坐在桌边那把显然是为我准备的空椅子上。堆在我盘中的土豆叫作炸薯条，味道好极了，我根本停不下来。没想到世上竟会有这么美味的食物。

对我来说，另一种全新的生活开始了。这里是瓦隆大区一个叫作佩蒂特-蒂尔（Petit-Their）的小镇上的农场，红十字会把我送来这里休养半年。偏偏是在这异乡深处，我第一次体会到了归属感和被接纳的感觉。一开始，我还不敢相信发生了什么。我不相信，孩子们对我的追逐，对俄国人的蔑视言论，同学们的嘲弄和哄笑，我在学校和家中所受的惩罚，父亲的殴打以及母亲不断的哭泣，所有这一切都不见了。起初，跟我在德国上学之前一样，我又变成了一个沉默寡言的"聋哑人"，不过这种情况很快就发生了改变。我贪婪地吸收着法语，没多久就能完全听懂艾达对我说的话了。

因为第一次感受到被迁就，现在，我对归属感的渴望变得愈来愈强烈，首先表现在我执意要在农场上跟埃弗拉德家的孩子们干一样多、一样重的农活——而这恰恰是我不能做的，因为我来到这里就是为了休养身体，还要增重。农场有二十四头黑白花奶牛，外加一些猪、山羊、兔子、鸡、鹅和鸭子，还有多间厩舍、粮仓、几块庄稼地、菜地，一片树林和大片电栅栏围起来的牧草场。埃弗拉德家独自经营自己的农场，所有孩子都必须帮忙。我也想成为这些孩子中的一员，却因此成了大麻烦。我坚持不懈地争取参与到日常劳动中。我抢着干得最多的活儿是帮忙挤牛奶，因为在我看来这是责任最重大的工作。分给我的是一头叫贝尔的奶牛，它已经有些年老力衰，性格温顺，我可以在它的乳房上练习。

这件事并不像我想象中那么容易。如果只是拉扯奶牛的乳头，是无法挤出牛奶的，必须要充满感情地抓住它们的乳房，然后有力地挤压乳头，即使一段时间后双手就开始酸痛无力。毛茸茸、粘了粪便的牛尾巴一下又一下地在脸上掠过，在挤奶过程中无论如何都不能让奶牛变得急躁，更不能让它踢翻铁桶。完成所有这些操作后，要将冒着泡的温热牛奶倒入一个叫作离心机的钢制机器中，分离出牛奶中的脂肪。然后把装有脱脂牛奶的大桶和盛着奶油的小桶提到外面，放在路边，之后会有一辆卡车把它们运走。每天的最后一项工作总是清洁离心机。拆卸机器后，先用软管冲洗，然后将各个零件在热水中洗净弄干。这个过程我也可以帮忙，还能提前把机器上的奶油舔干净。

有一天，不该发生的事情还是发生了：贝尔用一条后腿踢翻了几乎已经装满的奶桶，将近十升牛奶流到了草地上，满满一大摊。习惯了严厉惩罚的我等待着一场可怕判决的降临。相处的这段时间让我了解到，这家人并不富裕，一桶洒掉的牛奶对他们来说是一大笔损失。让我惊讶的是，他们甚至没有责骂我一句。然而，惩罚对我来说依旧很痛苦：我被下达了"挤奶禁令"。无论后来我如何苦苦央求，请埃弗拉德父母网开一面——在这件事上，他们很强硬，直到最后都没有解除禁令。

此后我便更加努力地尝试通过其他方式发挥自己的价值。我和所有人一样凌晨四点就起床。我帮忙清理厩舍，喂猪，喂山羊，收割牧草，制作干草，劈柴，还会采摘荨麻和蒲公英叶，埃弗拉德妈妈用它们来烹饪。如果可以乘坐拖拉机或干草车，我会开心得发疯。每到星期一，我便快活地和其他人一起走在牧牛场上，用干草叉把牛粪涂在草地上，好让这些地方的牧草可以重新生长出来。这项工作费力又辛苦，但我不会放弃。我们穿着橡胶靴，挥舞着沉重的干草叉，绿色的牛粪不停溅到脸颊和头发上，艾达总得把眼镜摘下来清理。最后，当我们筋疲力尽地扛着干草叉走回家，所有人身上都是这些奶牛肚子里排出的黏腻草糊。

到了晚上，家庭中的女性成员们会围坐在灯下，织补袜子和磨破的毛衣袖子。因为特别想参与，我也得到了一个织补蛋[①]

[①]织补衣物的辅助工具，多为木制，形状、大小与鸡蛋类似，用于垫在衣服破洞下方，使衣料平整便于缝补。小有制成蘑菇形状的织补蘑菇。——译者注

和一根针，可以尽我所能地帮忙。有时候，埃弗拉德妈妈和她的女儿们会在织补时轻声哼唱，我也跟着一起，虽然不知道旋律，但能让自己的声音与其他人融为一体，我感觉很幸福。此外，我还可以帮埃弗拉德妈妈削土豆皮和洗碗，每到星期六，我会用一块长木板把大块圆面包和巨大的圆形杏子派、苹果派还有梨子派推进院子里的石炉中。我很乐意见得自己的手指被热板子烫伤，因为我所做的这一切都是为了拥有一双跟其他人一样伤痕累累、长满老茧的手。一天中我会观察自己的手掌好多次，寻找新的细小伤口，那是我融入这些比利时农民之子的又一标志。

几周后，我去了乡村学校。当初我坐公交车刚到这里时，司机把我交给了两位修女，她们就在这里教书。学校只有一间教室，总是四个年级同时上课，上午和下午轮流。上地理课时我不停听见自己的名字被点到。后来，我才意识到经常出现的那个单词不是"娜塔莉"，而是"意大利"，但每次"微笑修女"说"意大利"这个词时，我还是会举手，因为我特别喜欢这个把我的名字与意大利混淆的小游戏。

现在我也开始积极尝试学习用法语阅读和写作，因为法语是我回到德国后唯一可以与艾达保持联系的纽带。尽管还很长时间，但我已经开始担心将来不得不离开佩蒂特-蒂尔，最令我担心的就是与心爱的艾达分开。有时我不知自己为何会在夜晚偷偷哭泣——是因为思念远方一直令我担忧的母亲，还是因为已经开始想念有一天将不在我身边的艾达。让我绝望的是，法语的发音和拼写方式完全是另外一种全新的存在：我必须逐字逐句从头学习，这样我以后才能给艾达写信。

还有其他人，以后我也想给他们写信。美丽的玛丽·罗斯有时会训斥我，因为我对干活的积极性惹烦她了，但她总是很快又跟我和好，哼着她教我的那些欢快的法语歌。黑眼睛的何塞总是逗我，不时碰我一下，直到我们没头没脑地躺到地上扭打在一起。优雅的奥古斯特是唯一不在农场里工作的人，她在布鲁塞尔的一间办公室里上班，只有周末才回农场——她会用手指把香水轻轻拍在我耳后，还允许我涂她的粉红色口红。露西恩听觉不灵敏，常常沉浸在自己的世界里，他的眼里总是带着淡淡的笑意，看起来就像圣人般无欲无求。埃弗拉德父亲温柔而善良，即使我做了错事也从不责骂，而是把我抱起来放在膝上，向我解释一些没人同我讲过的事情。埃弗拉德母亲有点严厉，但也同样善良，她的身子有丈夫两倍那么宽，每当她把我拉入怀中，我就会完全陷在她柔软的肉里。我还想写信给卡门、瑟雷斯、让-保罗、约瑟夫和朱利安，但首先是艾达，在她第一次牵我手的那一刻，我就向她保证过。

有一天，她送给我一条粉晶串珠制成的十字架念珠。我们睡前祈祷时，每个人都跪在餐桌旁，把手支撑在各自的椅面上，一颗颗光滑、清凉的串珠在我指间滑过。我被允许领读祈祷文，要读五十三遍，一片静默中，每个人都认真聆听着我的声音：

万福玛利亚，你充满圣宠，

主与你同在。

在女子中你是蒙福的，

你腹中的孩子也是蒙福的。

除了领读的人，每晚轮流由另外一个人决定要为什么祷告。轮到我时，我总是许同一个愿望。"愿娜塔莉会有一头鬈发。"我说。因为虽然我的双手如我所愿，慢慢起了越来越多的茧子，但我跟埃弗拉德家的孩子们之间还有一个最大的不同——我没有一头浓密漂亮的鬈发，而其他十个孩子每人都有，对此我无能为力。当我第一次说出自己的愿望时，大家咯咯直笑，艾达也轻轻笑了一下，但随后她说我的愿望很严肃，现在每个人都要为我能有鬈发这件事祷告。从那时起，每隔十三天就会有十二名信徒一起诵念五十三遍《圣母经》和七遍《主祷文》，为我的愿望祷告，而我则每次俯首在念珠上方，期待着我稀疏笔直的头发上会出现奇迹。

邮递员送来母亲来信的日子到了。她在信中写道："你回来时，一切都会和从前不一样了。"连艾达都不相信我母亲真的写了这句话。我也无从证明，因为没人能读懂母亲用俄语写的信。我不想回家，我知道那里有可怕的事情在等我，我苦苦央求继续留在佩蒂特-蒂尔，每个人都来安慰我，每个人都对我好言相劝，但没有人相信我的母亲会投河。即使我知道，她这封来信就是要明确告诉我这件事。她已经把这件事预告了足够多次——自从我有记忆以来，她总是说走就走。

最终，我在佩蒂特-蒂尔的很大一部分幸福感破碎了，因为他们不相信我，因为他们让我独自面对我知道的那些可怕的事情，就连艾达也和他们一样。也许母亲信中的那几句话也是一种恳求，也许她心中隐约希望善良的比利时一家人可以继续照顾她的孩子。也许她希望我能在佩蒂特-蒂尔，在这个让我度过如此幸福的半年时光的地方，有一个未来。

我又回到了火车上，身上挂着一块硬纸板，艾达在上面写了我的名字。在去布鲁塞尔的公交车上，我一直在哭，直到最后一刻仍希望艾达会带我一起掉头回去。然而，现在她就站在站台上，双手捂着脸，也哭了起来。她跟着火车跑了好久，直到消失在视野之中。旅途中，她哭泣的面容一直印在我脑海。我永远不会用法语给她写信，也永远不会再见到她。

回到难民楼几周后，本地报纸上刊登了一则报道：

> 星期三晚十点左右，一名来自乌克兰的三十六岁家庭主妇被报失踪，她于当日下午去了位于比格村的养鸡场，之后一直未归。昨日下午，于布肯霍芬木桥上方的沙洲上发现了她的尸体。一户相熟的人家收留了她十岁和四岁的两个孩子。其丈夫正在随顿河哥萨克合唱团一起巡回演出。

八

    我在洗衣房擦干身体，穿好衣服，把运动服和其他所有不需要的东西统统塞进了洗衣锅炉下面的炉口。然后，我蹑手蹑脚地重新爬上室外楼梯，紧贴着房子后墙跑到小路上，那条路一直通往雷格尼茨河边的草地。到那之后，我坐在岸边，一边用指甲梳理头发，一边让发丝在阳光下晾干。我不知道当时是几点钟，但河面上已经撒下了傍晚时分柔和而庄重的光线。我已经两天没吃东西了，只喝过一罐可口可乐，那是格奥尔格在椴树餐厅给我买的人生中第一罐可乐。此刻我口中仍然留有这种饮料的味道，一种刺激且带有腐蚀性的药味。

    我的大脑一片空白，饥饿的感觉侵蚀着胃壁。进入椴树餐厅的门票花了我两马克，偷来的五马克还剩下三马克，但现在我能去哪儿买东西吃呢？在星期六这个时间点，商店早已关门，能去的只有维曼食杂店了。在那里，闭店后也可以敲开窗户，买到任何需要的东西，即使深夜和周日也一样，但我不能让自己去离父亲那么近的地方冒险。我真想躺在温暖的草地上，伴着雷格尼茨河潺潺的水声再次睡去。然而，头发干了以后，我还是挣扎着站起身来，朝着主街走去。

路过国会大厦电影院时，我想起不久前在那里看过的一部电影。那天放学回家路上，我捡到一枚五马克硬币，它干净得闪闪发光，就像专门给我的一样躺在我脚边。我花掉其中一部分去看了电影，电影开始之前的新闻周报短片①放映了关于莫斯科的内容——这是我看到的第一组关于俄国的图片。雄伟的建筑、人山人海的士兵、无数飘扬的旗帜以及一排排装有加农炮炮筒的坦克。人们把我们看作共产党员和布尔什维克，过去我想象不出他们的模样，而现在他们就在我眼前：屏幕上全是士兵，只有士兵，他们扛着枪移动，如同一副躯体的无数个复制品，所有人面不改色。在学校里，我听说俄国人已经与德国开战，现在他们显然正在计划展开新的进攻。但随后康拉德·阿登纳出现在了银幕上，还承诺道，德国联邦国防军和北约将保卫自由世界免受俄国人和《华沙条约》的侵害。

我差一点就从电影院跑了出去，因为我确信人们会立刻在观众席中发现我，对我用刑拷打。不过，渐渐地，新闻周报的

---

① 新闻周报短片是每周有关政治、社会、体育和文化活动等电影报道的汇编，于20世纪初至60年代末盛行于欧美。新闻周报通常在电影正片开始前放映，三四十年代，许多大城市也建立了专门的新闻周报影院。到60年代末，随着电视机的普及，这种新闻形式逐渐被电视新闻节目取代。——译者注

画面开始淡出，电影开始了。电影名叫《维亚玛拉》，故事发生在瑞士的深山里。以前我从未见过这样的景象：磅礴的瀑布沿着悬崖峭壁倾泻而下，滚滚浓雾在深不见底的峡谷中翻涌。就在那里，杰特·弗罗比扮演的男人跟家人一起经营着一家锯木厂。他是个酒鬼，一个长期折磨、殴打妻子和女儿们的恶魔。他是如此暴戾，最后绝望的女人们终于制订了一个摆脱他的计划。她们在一个暴风雨之夜谋杀了他。一名年轻的贵族律师受命调查此案，出于对被谋杀者的女儿——由克里斯汀·考夫曼扮演的头戴金色发带、天使般的西尔维莉——的爱，他在强烈的良心谴责下掩盖了这起谋杀案。最后他们结了婚，幸福地生活在一起……我精神恍惚地离开了电影院。一个我不熟知的、拥有古老自然力量的深山世界，一名残暴的父亲，一桩谋杀案，美丽的西尔维莉和她那为爱违背法律的拯救者——在我看来，所有这一切都像是我自己的故事，只不过加上了一个完美的结局。

而现在，距离那天没过多久，我就第一次在星期六下午来到了主街上。街头人迹寥寥，白日的热闹已经退去，夜晚的喧嚣还未开始。我在一家餐厅门前停住脚步，研究着橱窗里展示的菜单。炸面团汤、洋葱奶酪酱、烤猪颈肉、蓝色鲤鱼、农夫早餐，我读了一遍。没有几道菜是我认识的，反正三马克在这里也买不到什么。而且我也不敢走进这家气派的餐厅，这里装饰着五彩的冕牌玻璃，门口上方写着"金色邮车号角"。此刻，我几乎是饥渴地想起了父亲做的罗宋汤，他总是一次在一口大锅里煮好几天的量，每次饭后我必须把锅端到地下室阴凉保存。即便如此，夏天这锅汤最迟第三天就会开始起泡，但在父亲看来，发酵后的汤最是美味。尽管汤的气味呛得我喘不过气来，他还是会再撒一遍胡椒粉，也许是因为他没有嗅觉，只能区分味道是咸是甜，辣或不辣。我不知道，他是一出生就没有嗅觉，还是后来才失去的。他香臭不分，也许连自己钟爱的卡梅申西瓜的气味也不曾闻过。无论如何，每次他用勺子往嘴里送呛人的发酵罗宋汤时，总会冲自己巡演途中在餐馆喝的那些淡而无味的德国汤谩骂一通，大多数时候，他还会接着嘲讽起爱吃绿色沙拉的德国人来，给他们起名叫食草者，他的嘲讽对象还包括戴眼镜或者红头发的德国人来，这些人也莫名惹他厌烦。

我在火车站广场发现了一个还开着的售货亭，在那里花光了手里的钱，终于填饱了肚子。维也纳香肠、饼干、巧克力，统统被我一口塞进嘴里，我还品尝了人生第一瓶布鲁纳牌柠檬汽水，跟前一天的可口可乐完全不同，简直像天堂里才有的美味。最后五芬尼我用来买了第一个 Dubble Bubble，一种我们班上所有女孩子都在吃的口香糖。她们要么"啪"一下把泡泡吹爆，要么互相比赛谁能吹出最大的泡泡，直到泡泡变得苍白而透明，噗的一声轻轻瘪掉。现在，我也可以参加比赛了。

这时街上已经热闹起来，阿希姆·乌兰特却不见踪影。我原本希望的是，我们已经心照不宣地约好了在主街见面，此事根本无须多言，但现在看来事情并不如我所愿。我也不知道能去哪里找他，我无法想象他就住在这座城市中的某个地方，和我一样。渐渐地，天色又暗下来，气温也低了，出门之前我没想着随身带件外套。当我穿着单薄的连衣裙在街上徘徊，要在煤窖中再睡一夜的恐惧向我袭来，我当时可能会跟任何一个能为我提供栖身之处的人走。唯独有一个人不行：格奥尔格。然而，恰恰是他骑着轻便摩托车停在了我身旁。在椴树餐厅跟他跳完舞后，阿希姆·乌兰特带走了我，把我从他身边解救出来，而现在，格奥尔格又在主街上找到了我，还邀我去兜风。

也许他就是那个会实现我所有梦想的德国男孩。我可以像其他女孩一样，和他手牵手走在主街上，他可能会与我订婚，也许还会结婚。但在椴树餐厅，我不仅邂逅了初恋，还遇到了人生中第一个厌恶的人。他个子很矮，宽阔的脸庞像被低矮的额头和短小的下巴挤压变形一样，一双汗淋淋的手，身上还散发着他头发上亮光发蜡的气味。从相遇的第一秒起，他就贪婪地盯着我，我倍感折磨。他唤起了我内心想要逃跑的条件反射，就像我父亲那样，同时我也厌恶在他身上看见的自己。在他眼中，我看到了自己对拒绝和蔑视的恐惧，看到了一个机会渺茫的人的乞求，一种我最熟悉不过的组合：徒劳的希望与绝望。但偏偏是他，拥有我没有且最渴望的东西：与阿希姆·乌兰特的联系。我满怀希望地向他打听阿希姆·乌兰特的消息。他掩饰不住自己的失望，但还是意味深长地微笑了一下，并答应如果我坐上他的小摩托，就带我去见他。我迟疑地照做了。

我曾担心这是他在引诱我落入陷阱，事实证明我只是杞人忧天。我和他一起走进了"月光"酒吧——这座城市中罪恶的温床,这里几乎和难民楼一样臭名昭著,每次路过这里,我都会心里发毛。阿希姆·乌兰特穿着他的黑色皮夹克坐在红色的俱乐部沙发椅上,身边是一个穿着低胸紧身上衣、正在吸烟的女孩。自动点唱机播放起《水手,你的家是大海》,洛丽塔[①]唱着里约热内卢和上海夜空中的星星,唱着水手们对远方无可救药的向往。舞池徜徉在流动的白色光点中,情侣们紧紧依偎在一起,随着音乐摇摆。不同于前一天椴树餐厅中的少男少女,这里的人们是一对对成年男女。阿希姆·乌兰特告诉过我,他今年十九岁——我从未想过他会出现在这种地方。

他看都没看我和格奥尔格一眼,也许他根本没注意到我们,因为他的目光完全被那个坐在我们旁边的女孩吸引了,实际上她已经不是女孩,而是女人了。在她身边的他看起来与在椴树餐厅中判若两人,他身上不再散发出任何冷酷的优越感,在我看来,反而更像一个乞丐。她对他似乎并不感兴趣,至少她还在笑着与其他男人搭话,还跟他们其中一人碰杯,阿希姆·乌兰特始终紧盯着她,就像格奥尔格看我时那般。

现在我明白格奥尔格为什么带我来这里了——不是为了让我找到阿希姆·乌兰特,而是为了让我失去他。他想让我看到他爱的是别人。也许格奥尔格盼望着这次揭发能让我转投他的怀抱。他给我点了粉红色的甜味鸡尾酒,由于口渴,我几乎一

[①]洛丽塔(Lolita,本名Edith Einzinger,1931—2010),奥地利女歌手、演员、电视节目主持人,于1960年发表歌曲《水手,你的家是大海》(Seemann, deine Heimat ist das Meer),成为国际经典热门歌曲。——译者注

饮而尽,以至于后来发生的事情,在我脑中只剩下零星片断:包括我是如何与格奥尔格和其他人跳舞,如何不停地喝酒,甜酒和辣酒轮着来,格奥尔格如何点燃一支烟放入我口中,我又如何立刻咳嗽到肺快破裂,格奥尔格和其他男人如何在跳舞时把我紧紧拥入怀中,还试图把一条腿挤进我两腿之间,以及当米娜①唱着《炎热沙滩与失落之地》时,我是如何在一阵天旋地转中差点跌倒在阿希姆·乌兰特的脚边。

下一刻,我们四个人突然站在了外面漆黑的街道上。阿希姆·乌兰特用胳膊环住那个穿着低胸上衣的女人的肩膀,她想挣脱,但他不肯放手,直到她用细小而令人生厌的尖叫声把他推开,然后踩着细高跟走向一辆停在路边的红色汽车,车里另一个男人在等她。我目睹了阿希姆·乌兰特崩溃的瞬间,他伸向前方的手臂还悬在半空中。我冲向他,站在他身旁空出的那个位置,然而,瞬间我就从他身边弹开,就像母亲去世后父亲从西班牙回来那次一样。在他脸上,我看到了刚刚那个女孩看向他时的厌恶。然后他开口对我说了那天晚上的第一句话。"走开,你这个俄国妓女。"这是我人生脚本中最预料之中、也最逃不脱的一句话。我还没反应过来他真的说了这句话,他就骑上摩托车消失了。我与格奥尔格站在漆黑的街道上,内心没有一丝波澜。在酒精的作用下,我不断摇着头,但这一切都是理所应当。阿希姆·乌

---

①米娜(Mina,本名 Anna Maria Mazzini,1940—),意大利女歌手、电视节目主持人,1962 年发表德语歌曲《炎热沙滩与失落之地》(Heißer Sand und ein verlorenes Land),成为热门歌曲。——译者注

兰特只不过是把我从梦境中拉回了现实，回到了我熟悉的、与生俱来的位置。我知道，我是肮脏之人，没有人会爱我。

这次是格奥尔格把我放在了路缘石边。趁他伸手拉住我之前，我就跑进了院子暗处。他不敢跟着我进来。从来没有一个德国人跟着我进来过。我没有公寓钥匙，父亲把我锁进房间之前没收了我的钥匙，但我看见厨房里的灯仍然亮着。他在等我。他开了门，粗暴地把我推进厨房，我跟跄着撞在了橱柜上。他脸上满是冰冷的怒意。

"你去哪儿了？"他怒斥。

"没去哪儿。"

"你都喝醉了。"

"没有，我只是累了。"

"你干什么累了？"

"没干什么。"

"成绩单呢？"

"没有成绩单。"

"我真该拔掉你的舌头，你个撒谎精！赶快给我看你的成绩单。"

"现在只有每学年末才发成绩单。"

我知道父亲不相信我，他也根本不可能相信我，因为我总是谎话连篇，甚至在毫无必要的情况下也会撒谎。不知道为什么，我就是从来都不想说实话。这次也一样，我的谎言毫无意义，父亲反正明白是怎么回事，但是他什么也证明不了。与他相比，我一直有一个很大的优势：懂德语。不过，在这件事情上，也发生过连我也理解错的情况，但他当然不会识破。

不久前，我在房管处寄来的一封信中读到，我们会收到一笔数额较大的款项。鉴于这笔意外之财，父亲在一个恰好来难民楼碰运气的代理商那订购了一台吸尘器，并支付了定金——这是我们有史以来最大额的一笔开销。然而，邮递员不仅没有给我们带来那笔承诺的钱款，反而送来了更多房管处来信。不断送来的信件越来越令人困惑，直到有一天，一位怒气冲冲的男士找上门来，要求我父亲用现金偿还我们在房管处的欠款。原来，他忘了去邮局缴纳房租。

对于我没有收到成绩单这个说法，父亲无从反驳。他不认识可以询问这些事情的人，如果他去学校打听，那不仅会暴露他自己不会德语的窘境，还相当于承认了自己被未成年女儿牵着鼻子走的无能。在所有与德语世界有关的事情上，我都占上风。只要我想，我可以随意欺骗他，即使他不相信我，即使他确信我在撒谎——面对我的谎言他终究束手无策。不同权威之间的语言鸿沟给了我自由和保护，如同一道裂缝，让我藏身其中。

现在我无处可藏了。母亲也曾打过我，比父亲还要频繁，但我从不害怕，她那双虚弱无力的手，大部分时候我都能设法躲开。但是，父亲的手就像铁夹钳一样抓得死死的，他不带任何感情地打我，像过去的无数次那样。他用一只手抓住我，另一只手重重落在我身上，仿佛我是一块异常坚硬的木头，他非要把它劈开。很早以前，我就学会了装死，这招让我得以在他的殴打中幸免于难。接着，一阵仿佛来自身体之外的疼痛袭来，就像来自另一个隐约与我有关的人身上一样。直到我倒地不动，他才停手，把我从厨房一路拖到我的房间，任我躺在那里。随后，他拿着一把锤子返回来。我以为他要杀我，但他却把窗户钉了起来。当当，当当，一共十三颗钉子。他在房间里放了一壶水和一只桶，锁上了门。

很快我就不清楚自己已经在这间"监狱"里待了多久。为了对抗饥饿，我在第一天就无知地喝光了所有的水——水尝起来就像我小时候每晚用旧铁罐从城里牛奶铺打回来的牛奶的味道。那时，我总会尽可能长时间地在陌生的街道上转悠，观察街上的房屋和商店的橱窗，时不时喝一口罐子里美味的凉牛奶。而且我知道了离心力的规律：当我快速旋转牛奶罐时，一滴牛奶都不会洒出来——只是必须非常快地操作，一秒都不能迟疑和停顿。

一开始，我还试图打开那扇窗户，但随后我意识到，这样做无济于事。无论我如何拉扯、摇晃窗框，那些生了锈的、被死死钉入木头的钉子都没有丝毫松动。最后，我手里摇下来的只有窗户把手，仅此而已。

我精疲力竭地睡着了，进入梦乡。梦中，为了使自己摆脱地牢，我不得不用头撞墙，一遍又一遍，然而，即便我有铜头铁额也无法成功，唯有头部与石头相撞的响声回荡在耳边。

醒着的时候，我也躺着一动不动。整个身体仍然因殴打而疼痛不已。起初，每当听到走廊外面父亲的脚步声，我都感到害怕，但渐渐地，我开始盼望听到这脚步声。他会来放我出去吗？听到公寓门关上，他骑车去上班后，我喊来了妹妹，让她去帮我找房间的钥匙，然而她把整个公寓翻了个底朝天也没有找到。也许父亲预料到我会向妹妹求助，所以早已把钥匙藏好，或者放在公文包里带去上班了。

饥饿感很快就被口渴掩盖了。我嘴巴里一丝唾液都没有了，内脏像在灼烧，舌头厚重得如同砂纸，喉咙干到止不住咳嗽。有时角落里的壁橱突然开始旋转，好像在跳舞一样。我闭上眼睛，然后再次睁开：壁橱仍然在跳舞。钟鸣声在我脑中嗡嗡作响。我用一件旧连帽夹克盖住装有自己排泄物的桶，但无济于事，房间中刺鼻且有腐蚀性的恶臭开始毒害我的身体，我咳得更厉害了。我费力地爬上椅子，用衣架敲打天花板，我捶打墙壁，大喊大叫，即使有邻居听到了我的声音，依旧无人应答。我恳求妹妹把我的情况告诉别人，她是唯一知道我被困在这里、快要渴死的人，但她不敢，她很害怕。父亲下班回家时，我用拳头不停砸门。我投降了，我不再抗拒屈服了。"爸爸，"我只呜咽着说，"爸爸，请把门打开。"

最终，我做了那件早就应该做的事：我打破了窗户。妹妹绕着房子外围跑过来，透过窗玻璃的破洞递给我一瓶自来水和一块面包，她低声抽泣着，身体在发抖。她似乎不知道哪件事更令她害怕——是我可能会死掉，还是被父亲察觉后可能会面临的可怕惩罚。她不断给我送来水和食物，几天后，我几乎习惯了这间有水和面包供应的监狱。我不再等着被父亲释放，感觉自己异常轻盈，仿佛身体像空气一样，反正我已经失去了时间概念。不知什么时候，当我试着再次按下门把手时，门开了。

九

很长一段时间里，我从父亲的洗衣簿上抄下来的莫斯科地址都被遗忘了。后来发生的事情彻底改变了我的生活，也让我把一切都置之脑后。我曾担任口译员许多年，也去过莫斯科许多次，但除了这座城市中的各个部委、展览馆和国际旅行社酒店[①]，我几乎没有踏足过其他地方。对我而言，俄罗斯已经变成一个与我父母以及我本人都没有联系的工作国度，变成了一个陌生又难以理解的星球。

有一天，我遇到了谢尔盖，一名俄罗斯作家，也见识到了一个一直隐藏在阴沉平淡的表象下的莫斯科。一个矛盾、精神、人文、幽默和诗意交织的世界在我面前展露。过去我曾如此憎

[①] 苏联国际旅行社于1970年在莫斯科为接待外国游客而建的酒店，酒店于2002年关闭并拆除。——译者注

恶自己身上俄罗斯的那一面，现在它却变成了一种揭示，变成了我在德国从未找到的家园。长久以来，我总是逃避与俄罗斯有关的一切，现在我却来到这里，并意识到我的想象与现实大相径庭。我的出身和人生整个被重新定义，我也不再知道自己是谁。在将近两年的时间里，我仿佛成了混乱的钟摆，在俄罗斯和德国之间摇摆，又如同陷入一场拉力试验，在两个互不相容的世界中挣扎。

直到谢尔盖替我做了决定。这个大我十五岁的男人从一开始就打定主意，要通过让我成为作家遗孀来助我在俄罗斯文坛获得令人钦羡的地位。他在我们婚礼前一周去世了，差一点就实现了这个目标。他可能患病已久，而病情来势汹汹，一夜之间便压垮了他。于是，这位俄罗斯巨匠又把我"吐"了出来，就好像我是他不小心吸入口中的昆虫。带着谢尔盖坟墓上的一抔土，还有一张莫斯科婚姻登记处发给我们用于购买婚戒和两套床品的配给证，我回到了德国。就此，俄罗斯于我而言成了一座坟墓。

葬礼上，我遇到了谢尔盖以前的同学娜佳。在作家协会举办的追悼会上，她明媚的身影如天使一般，在我无法离开俄罗斯的日子里一直陪伴着我。回到德国后，我靠着她的信件活了下来，这些信件仿佛是她代替谢尔盖为我而写，就像经过他的手，带着他的呼吸，带我回到了俄罗斯鲜活生动的地方。

谢尔盖去世一年后，我才再次登上飞往莫斯科的飞机，去探望娜佳。她的公寓位于一栋高楼的十二层，我睡在其中一个堆满书籍的小房间里，与我共享空间的不仅有诸位俄罗斯诗人，还有一架三角钢琴，娜佳会抚琴弹奏舒伯特的即兴曲。我背靠着钢琴睡在沙发上，而那些无法入眠的时刻，我总能感到钢琴内部仿佛有一股美妙的天体音乐涌入我的身体。

巧合的是，那张抄写了父亲洗衣簿上地址的纸条被我遗忘多年，却在此次拜访娜佳期间再次出现在我手边。这些年来，它一直默默躺在我钱包的侧面夹层中，纸张已经有些老化，但文字依然清晰可辨。娜佳知道纸条上提到的那个城区，那是外围的巨大卫星城镇之一，仍以过去坐落在这里的村庄命名。父亲在俄国生活时，这个莫斯科的卫星城尚不存在，他与这个地址之间能有什么关系？

娜佳和我打车去了那个偏远的城区。由于父亲没有写下住在这个地址的人是谁，所以我们也不知道自己要找什么人。我抄下的那条街道似乎也不存在，至少出租车司机找不到。他多次摇下窗户询问路人，但每个人都耸了耸肩。我明白了：这只是父亲写下的一份毫无意义、令人困惑的记录，可能是他从爱国主义报纸上抄下来的。我想打道回府，但身为记者的娜佳不愿轻易放弃。我们付了车费，下车徒步寻找。

以前我从未来过这样的地方。放眼望去尽是住宅楼，一座座混凝土塔高耸天际，九月的天空依然压抑，仿佛浸润了有害排放物的化学纸浆，伴着硫黄燃烧的焦味笼罩在城市上空。成千上万配备中央供暖和热水的蜂窝房里，居住着世界上第一个工农国家中备受赞誉、英勇自由而幸福的人民，他们就蜗居在大都市边缘这些工业化的批量住宅中。在这里，我只感到阵阵凄凉。

在莫斯科，我早已习惯了引人注目。俄罗斯人可以一眼分辨出谁是西方游客，这种区别不仅在于穿着打扮，或是不同的发型、现代新式的眼镜、漂亮的假牙以及言行举止，还在于某些不可言说的东西，仿佛连新陈代谢和内部结构都不同。在这座偏远的卫星城里，一个来自西方的外国人自然是稀有面孔。就连娜佳在这里看起来都像是异类。她是典型的俄罗斯知识分子代表，学识广博，善于反讽，又带有纤弱而自然的美。走路时，她的头发常会掉下一缕，又被她轻盈地卷回米色灌木丛般浓密的秀发中。

终于，一位老人在交谈中向我们解释清楚了，我们要找的那条街道早已改名，它以前的名字听起来更像是温暖的瓷砖壁炉，而不是板式建筑住宅区。现在，它改了一个与这个地方相匹配的名字。那时我便确定我们找错了线索——一阵眩晕感向我袭来。在新的地址我会遇见谁？那里会有父亲和我的亲戚吗？而且偏偏在这里，在这片遍布苏联无产阶级的丛林？面对娜佳，我有些尴尬，仿佛自己是个伪君子，悄悄进入了一个与她相距甚远的俄国社会阶层，而事实上娜佳才应该扎根在我脚下的这片土地。

我们来到了那条可疑的街道。在这里，几栋新建筑已经初显衰败的迹象，显然它们比其他房屋的建造时间更早。破败的凉廊上蔓生着四季豆、番茄和莳萝，围着头巾的老妇人们坐在院子里的木椅上闲聊，身后是高大的混凝土塔——几乎是一幅社会主义未来世界中的乡村画面。

我们花了一段时间才找到我记下的那个门牌号码。虽然它可能也随着街道名称一起发生了变化，但我们决定还是按照现有的号码去寻找。一部吱呀作响、臭气熏天的电梯带我们来到了十层。我的太阳穴突突直跳。潘多拉魔盒会在几分钟之后打开吗？揭晓我生命真相的时刻现在就要到来了吗？

我们按下了931室的门铃。无人应答。娜佳按了三次、四次，依然没有任何回应。漆成灰色的大门上只有一只猫眼瞪着我们。我们试着敲了这层的其他四扇房门，又下了一层楼，把楼下的所有门铃按了一遍——什么也没敲开。我的手表显示，此刻刚过晚上六点：这个时间点，一栋公寓楼的整整两层住户竟无一人在家，这怎么可能？这里究竟有没有人住，还是我们来到了鬼屋？突然，一切都变得不真实起来。无人应答的房门，死寂的猫眼，无声又无人的楼梯间，更名的街道……只有楼梯间里垃圾管道散发出的恶臭还是那么真实，让人心安。

我们又下了一层楼，几乎不抱希望地再次按下一家门铃。这次有了响动。门内传来一阵沉重而迟缓的声音。门开了，一个矮小笨重、挂着双拐的女人出现在我们面前。她的上半身和下半身如此不对称，看起来仿佛身体由两个不同的部分组成，头上的假发就像戴了一顶漆黑发亮的头巾式女帽。出人意料的是，她的声音明亮而清晰，也正是这个声音突然叫出了我的娘家姓。"来吧，进来吧。"她说道。她做出邀请的姿势，领我们来到一个小房间的窗户旁,用一根拐杖指向窗外。"您看对面门诊部台阶上的那个女人,那是鲍里斯的妻子卡佳。她在那儿当门卫,这样除了领退休金还能再赚些钱,您看到了吗?"

我望过去。就是那种我在外面长椅上见过的老太太,这样的身影在莫斯科随处可见。她们的形象千篇一律,清一色的矮小干瘪,或者只是看上去老态。她们身穿灰色工作服,冬天也会套在大衣外面,戴着头巾,夏天也不摘,就像和头发长在了一起。城市中到处都可以看见她们清扫街道的身影,她们手持短柄扫帚,扫过莫斯科的人行道、大马路、大大小小的广场、火车站、桥梁和地下通道,清扫着整个苏联首都。或者,她们蜷缩在肮脏的建筑角落,当着电梯操作员、公厕清洁工、门卫或者看守员,冬天裹着厚厚的羊毛披肩,脚穿毡靴,有时还会靠着仅剩最后一根加热丝的取暖器取暖。她们在街上把蘑菇或森林浆果摊在脚边的手帕上售卖,或是站在各个墓地和火车站前,向路人兜售细细的铃兰或紫菀花束。她们是俄罗斯最后一群女性祈祷者,跪在最后一批还在"运行"的教堂中,或者双膝跪地,或者在胸前画着十字,从一个圣像走到另一个圣像。每当看到她们,我眼前就会浮现出那些在战争中阵亡的丈夫和儿子们,在营地中被枪杀和虐待致死的姐妹和女儿们,一座座村庄和茅舍,伏尔加河,复活节和圣灵降临节,以及十月革命,那场席卷数百年、摧毁一切的末日风暴。我还看见瘟疫和饥荒,那栋被父亲卖掉换得一袋面粉的房子,还有俄国街头流浪儿童,为了避免冻死,他们晚上会睡在沥青锅炉里。在莫斯科,没有什么比这些老妇人的面孔更能让我了解俄国了，她们的脸庞如同朽木的树皮，埋藏了一切。

现在我得知，其中一人和父亲同姓，是我的亲戚。显然，我找到了父亲的三个弟弟之一，鲍里斯，他娶了一位叫卡佳的女人，住在莫斯科郊区的卫星城。父亲为何要把他的地址藏在洗衣簿里，为何要对我隐瞒他仍与弟弟有联系这件事？

这位名叫卡佳的女人坐在门诊部的台阶上，靠看大门赚些退休金之外的钱。在这座巨型建筑物的衬托下，她渺小得如同蚂蚁一般。我们走近时，我察觉到她脸上那种莫斯科服务人员特有的冷淡表情。她同所有俄国老妇人一样又瘦又小，身穿白色工作服，头戴白色头巾，脸色苍白得如同身上的尼龙罩衫，一条爆裂血管形状的青紫色纹路横穿过她的脸颊。她用不友好的眼神表明，门诊部并不欢迎我们两个陌生人进入。她不曾预料到，我们不是要去门诊部，而是来找她的，也不曾预料到，站在她面前的是一个来自联邦德国的侄女。

作为曾经德国人手下的强制劳工，父亲在战争结束后留在德国，定居在了那个资本主义异国，即使在勃列日涅夫时代末期，他这样的人仍被视为卖国贼、叛国者。在一个罪责株连的国家，与他有亲属关系的人都不会得到好处。从一开始他就警告我不要去苏联，但在这里，我周围总是安静得出奇，从没有人盘问过我什么问题，就连我名义上应该住在酒店，而实际上却住在谢尔盖的公寓里长达数月这件事，也无人过问。父亲从未开口，但我多次毫发无损地回到德国，这个事实一定会让像他这样的反苏维埃人士起疑，怀疑我与克格勃有秘密联络。

这种背景之下，卡佳不愿同我交谈并不奇怪。在我向她做了自我介绍，并询问她的丈夫是否有一个住在联邦德国、名叫尼古拉的哥哥，她的封闭土崩瓦解，面露惊骇，这神色无疑是对我问题的明确回答。"我什么都不知道，"她一边摆手一边不断重复，"我什么都不知道。"我在一张纸条上潦草写下我的名字和娜佳在莫斯科的电话号码，而她连这个也不愿收下。尽管如此，我还是趁她不注意悄悄把纸条塞到了她身上。

这次娜佳和我没能找到廉价的莫斯科出租车，我们乘地铁返回的。我周遭的一切都地动山摇。父亲是如何做到在德国找到他弟弟住址的？他怎么可能在苏联首都庞大的蜂窝房系统中精确定位到一扇具体的家门？为什么我从来不知道这扇门的存在？父亲对我隐瞒了什么？我一生都靠幻想填补自己身世中的空白，现在现实帮我补上了这个空缺。叶丽莎维塔·斯科布佐娃[①]的诗句不禁浮现在我脑海：

在这所恐怖之屋，
我身陷无形、
永恒的枷锁，

[①] 叶丽莎维塔·斯科布佐娃（Jelisaweta Skobzowa，1891—1945），俄国诗人、修女，以修女玛利亚的名字为人熟知。"二战"期间曾参与为抵抗纳粹德国对法国的占领和维希政权统治的"法国抵抗运动"，后在耶路撒冷犹太大屠杀纪念馆被授予"国际义人"称号。——译者注

却将感到振奋与慰藉，
在被烟熏黑的角落，
迷醉、贫穷、远离光明，
我的人民生命中没有罪孽，
亦无上帝和主人。

我现在已经来到这些人民之中了吗？娜塔莉亚·戈尔巴涅夫斯卡娅[①]的诗被禁止出现在苏联，她指的是如今这些生活在现代化板式住宅中的俄罗斯人民吗？我是这个群体的后代吗？我真的想找到自己的出身吗？我一生都过着浮萍一般的生活，已经习惯于此，不知自己是否还要寻根。

回到城里，我和娜佳挽着手走在特维尔大街上，花楸树的红色果实在暮色中闪烁着微光。这种果实一年前我夜里出门摘过，第二天放进了谢尔盖的棺木中。那阵子我又开始用俄语思考，做梦也是俄语。那时已经十一月了，返回德国之前，我去火葬场取回他的骨灰盒，开车载着它去了沃斯特里亚科夫斯科耶公墓。穿行在寒冷而雾气蒙蒙的墓地，我突然想起自己完全忘记了取消婚姻登记处的预约。我们花了一年半的时间收集各种文件，一次又一次在荒唐的卡夫卡式官僚制中绝望，对人们翘首以盼的婚姻加以阻挠就是它存在的意义，然后，当我们终于凑

[①] 娜塔莉亚·戈尔巴涅夫斯卡娅（Natalja Gorbanewskaja，1936—2013），俄国诗人、翻译家、人权活动家和持不同政见者运动的成员。——译者注

齐了所有文件，却根本没出现在婚礼仪式上。也许有人给我们打过几通电话，最后只好请下一对等候的情侣进入婚礼室。

穿过墓地的时候，我听见骨灰盒里有什么东西咯咯作响。我在想是不是那个相框吊坠，一件不值钱的首饰，我在葬礼上把它从颈间扯下，当作自己的象征跟花楸果一起放进了棺木中。我很诧异它竟然没被偷走，就连坟墓中的鲜花都不见了踪影。与我交谈的一位墓地工人用铁锹在谢尔盖父母干硬的坟土中挖了一个洞。我把装有骨灰的陶罐放进洞中，捧起土盖住洞口，把它压实。此刻，天空下起了初雪，雪花薄如蝉翼，洋洋洒洒。

当天晚上，叔叔鲍里斯还是给我打了电话。他立刻明白了我是他哥哥的女儿，邀请我去家里做客。他一定是个勇敢的人——一名苏联公民未经许可在家中接待西方国家的客人，势必会遭遇麻烦。两天后，当我再次踏入那个已经熟悉的家门时，我还是四下张望，因为担心街区监察员[①]的目光会尾随着我。

漆成灰色的房门又一次打开，这次站在门后的是一个男人，看他的长相，显然就是我父亲的弟弟。他们看起来一模一样，中等身高，身形瘦弱，只不过他有一双温暖的蓝色眼睛，脸上还有笑纹。他穿着草绿色衬衫，戴着圆形黑框眼镜。所有这些都是我以迅雷不及掩耳之势打量到的，因为在生平第一次拜访亲人的路上，我的肠胃突然翻江倒海。当我手里拿着一瓶从外

[①]街区监察员，人们对纳粹低级官员的俗称，他们每人负责一个街区的公寓，确保人们采取适当的空袭预防措施，在希特勒的生日和类似场合挂出旗子，不从事非法或颠覆性活动。——译者注

汇商店买来的可笑的克里米亚香槟,乘电梯去往十层时,我已经预料到了最坏的情况,那就是我人还在门口,就不得不向叔叔问出第一个问题:洗手间在哪儿。尽管非我本意,我还是用最尴尬的方式让他知道了这次相见多令我激动。

上过洗手间后,肠胃里的动静瞬间消停了下来。我在叔叔对面坐下,房间整理得一尘不染,墙上贴着流行的苏联巴洛克风格壁纸。他的妻子卡佳没在家,她把空间留给了丈夫和他那从天而降的侄女,坐车去了位于同一城区的妹妹家。桌上放着一锅煎土豆配熏肉和洋葱,一小盘切成薄片的萨拉米香肠,一碗西梅,还有黑面包和一瓶伏特加——在苏联,这应该是一餐盛宴了。为了买萨拉米香肠和西梅,卡佳或她丈夫可能排了很长时间的队。

我了解到,父亲早在六十年代就通过叔叔的公司找到了他。因为叔叔战前就在那里工作,所以父亲知道这个地址。他们之间断断续续联络了好些年,不过现在已经结束了。叔叔知道我和妹妹的存在,但他不知道我经常往来莫斯科已经很多年,甚至在那生活了一段时间。同样令他惊讶的是,我对父亲与他的联系一无所知,还在没有父亲帮助的情况下找到了他。

他向我保证,他从未因与父亲的联络而遇到麻烦。恰恰相反,他先是被提升为公司的领班,后来又升为工长。起初,他们跟两个儿子在公共公寓①住了很长时间，早上还要排队上洗手间，后来终于分到了自己的公寓。当我猜想两位老人住在这么小的房间会颇为不便时，叔叔似乎还为他这所配备独立厨房和浴室的现代化住宅而自豪。他向我承认，他有一个儿子是个酒鬼加废物。另外一个则读了一所精英学校，会说五种外语，还在外交部担任口译员。

我很惊讶。一名经常与外国人打交道的外交部口译员，毫无疑问会受到克格勃监视。一个像我这样的堂妹是他绝对承受不起的，更别提作为访客出现在他父亲家中了。本来我也好奇了好一会儿，我究竟来到了一个什么地方。在我对面的电视机上摆放着一座列宁石膏半身像——一个充满意识形态色彩的量产劣质艺术品，摆放它是每个爱国苏联家庭的义务，但在这个家，这项义务的完成度远远超额了。电视后面的墙上挂着装裱起来的斯大林肖像，那位笑容和善、留着大胡子的苏联大元帅、人民之友，他在这个家显然是守护神一般的存在。即便是最保守的苏联公民也早在几十年前就摘下了家中的斯大林肖像。我的叔叔是那种渴望回到旧时代的斯大林拥趸吗？这如何与父亲这名坚定的斯大林仇恨者的世界观相符？

从我记事起，这种仇恨就占据了父亲的身心，似乎这就是他活着的意义，他最大的热情所在，他没有一天停止发泄过，

---

① 1917年俄国革命之后，为应对城市住房危机，该住房形式在苏联兴起。通常多个家庭共享一个公寓，每个家庭有单独房间，整个公寓的所有住户共用走廊、厨房、浴室等设施。类似中国的"筒子楼"。——译者注

直到现在，我仍然能从他日渐衰弱的呼吸中感受到。有时我在想，这种仇恨正是阻碍他死去的力量源泉，尽管他已满身病痛，年老体衰，恨依然无情地支撑着他活下去。从这个意义上说，他的弟弟鲍里斯一定是他天敌一般的存在。又或者，电视机上方的肖像画根本不代表信仰？它之所以还在墙上挂着，也许是因为叔叔从某个时刻起不再紧追时代潮流，也停止了更换墙上规定的肖像画？

　　据叔叔说，父亲的另外两个弟弟都已去世。其中一人是红军高级军官，战争结束后立刻被枪决了——这是不少被斯大林指控在战争中叛逃或犯错的军官的命运。另一个很早就沉迷酒精，从未成家，死在了一家养老院。在苏联，大多数老人与自己的孩子或其他亲人一起生活，养老院则是类似疗养院的地方，到那去的只有孤身一人或出于某种原因退出代际契约①的老人。在那里，老人们会由于极度缺乏营养和护理而慢慢死去。父亲的那位弟弟从养老院的窗户跳了下去，自己结束了这场折磨。

　　叔叔起身，从抽屉里拿出一叠信递给我。我认出了信封上父亲的字迹，他的字规整有力，背面还有我们过去在难民楼的住址。我的心提到了嗓子眼儿。此刻，我终于要第一次走进父亲的内心，了解他那些我曾经一无所知的想法和感受了吗？然而，即使在写给弟弟的信中，我仍然看不透他。信中只有一些无关

---

① 即一种现收现付制养老金制度。具体来说，就是由工作者供养退休者，当前正在工作的一代人用其所缴纳的养老保险金来支付退休人员的退休金。——译者注

紧要、内容空洞的话，关于天气的消息，以及生日和节日祝福。父亲只在一封信中追忆了很多，并为德国大唱赞歌，声称苏联宣传的资本主义制度下群众陷入贫困这件事与事实截然相反。

一切都令我越来越费解。父亲不知道他的这些言论会让自己的弟弟陷于危险吗？多年来，叔叔怎么可能如此畅通无阻地与一个叛国还歌颂敌国生活的哥哥联系？叔叔不仅没被禁止这样做，甚至得到了资助，他的儿子被允许在一所精英学校读书，并被录取为外交部工作人员。所有这些说明了什么？叔叔是一个如此忠诚、热忱的苏维埃政权仆人吗，以至于可以放心地让他与敌人接触？又或者，这些通信之所以得到批准，只是为了暗中监视父亲？

我继续读下去，看到了妹妹的名字。这里提到的不是她本人，而是我父亲的母亲。父亲以他母亲的名字命名了小女儿。他是遵循俄国惯例，还是出于对母亲的爱才选择了这个名字？也许在无限长的一段时间之前，他曾经真正爱过某个人？这个女人在伏尔加河畔的卡梅申嫁给了一个叫雅科夫的男人，生下四个儿子，年纪轻轻便与丈夫同时死于斑疹伤寒。会是她吗？我从未意识到过，我还有两位祖母。而今，其中一人仅以命名的形式存在着。妹妹知道自己继承了谁的名字吗？

在这叠信件的最底部，是父亲写的第一封信，信中他告知弟弟，自己的妻子在河里游泳时溺水身亡。他称她为"一个真正意义上的纯洁女孩"，他们在战争期间相识于马里乌波尔。关于他逃亡或被驱逐至德国的事，信中只字未提，但是第一次，我看见了他眼中的母亲。他笔下的"一个真正意义上的纯洁女孩"是什么意思？这种纯洁，与他曾经在我身上坚决守护，同时又想据为己有，以便其他人无法得到的，是同一种吗？纯洁的年轻女性是他的嗜好所在吗？这便是他与小自己二十岁的母亲结婚的秘密吗？起初他对她展开攻势，然而，激情消退过后，她就变成了他的负担，为了让我那纯洁、弱小、不安又绝望的母亲活下去，身处异乡、自己尚且一筹莫展的父亲必须每天把她带在身边。她的投河，是不是终究还是帮了他一把？又或者，父亲太分裂了，他可能真的认为母亲是在享受夏日游泳时溺水身亡？他之所以会称赞德国，可能是因为有一部分的他不仅对妻子的自杀毫不知情，而且对强制劳动、集中营和自己作为斯拉夫人的低人一等，对贫穷、对生存问题的持续担忧和在德国养老院的孤独感通通一无所知？

叔叔再次起身，从抽屉里翻出一张明信片大小的照片放在我面前的桌子上。我没看懂——这是一张老旧的黑白照片，上面是年轻的一家人。过了一会儿我才明白过来，诧异自己竟没有早想到这一点。我曾想象过关于父亲在苏联那段过去的种种可能，包括最不可能、最离奇的那些，但有一件显而易见的事我却从未想到过：一个四十四岁结婚的男人，可能并不是人生中第一次结婚。尤其是在苏联这个人人都早婚的地方，往往还是半大孩子时人们就步入了婚姻，哪怕只是为了拥有自己的公寓，或者在双方父母狭小的公寓里至少有一个共同的栖身之处，一个情爱场所，否则他们能去的地方只有城市的公园里或昏暗的门廊下。人们结婚,生子,离婚又再婚,仅仅是因为艰难的日常生活令人难以独自应对。

但我从未在父亲身上看到这些。在我看来,他一直像一棵独木,离群索居,尽管也许是来到德国后他才变成这样的。小时候,我对自己的父亲不仅是俄国人,而且还如此年老这件事感到羞耻。有时我会对外讲他是我的祖父。

在照片中,我看到了他和他的第一任妻子,叔叔告诉我她是犹太人,还有他的前两个孩子。我认出了他,却又好像认不出:一个三十岁上下的年轻男人,面容阳刚,身形瘦削而有力。他跷着腿笔直地坐在凳子上,脚蹬一双时髦的纽扣靴,头戴一顶漂亮的小圆帽。他的样子看起来有些鲁莽,我可以想象他努力工作来维持生计,而且很会跳舞。一名颇有魅力的俄国年轻男子,如果有一把手风琴,他就能演奏肖斯塔科维奇那首著名的华尔兹《在满洲的山岗上》[①]。

他身旁的架子上坐着一个脸红扑扑、胖嘟嘟的小女孩,头戴一朵大大的俄式蝴蝶结,母亲以前也总给我系上一朵。架子另一侧站着一个年轻女人,一头深色头发,别有风情,深色眼眸中露出一抹有些羞涩的浅浅笑意。她手边是一个六岁左右的男孩,穿着一身儿童水兵服,手提花篮。

我看着这张照片,想不通它意味着什么:我的母亲不是父

[①] 原文如此。《在满洲的山岗上》,是俄国作曲家伊利亚·阿列克谢维奇·沙特洛夫(Ilya Alekseevich Shatrov)1906年为纪念日俄战争谱写的一曲华尔兹。此处疑系作者笔误。——译者注

亲的第一任妻子，我也不是他的第一个孩子，而是第三个。我在嫉妒吗？我在意自己是不是父亲的长女，是不是他唯一家庭的成员吗？还有另一个疑问在我心中升起：他是因为在战争期间遇见了我母亲所以才离开了当时的妻子和孩子吗？当德国人在乌克兰大肆屠杀犹太人的时候？当毒气车驰骋在大街小巷，两天之内，三万三千多名犹太人被驱赶至娘子谷①后被开枪射杀，平均每小时超过六百人死亡的时候？他是在此时与一个小自己二十岁的女人一起前往屠杀者的国度吗？这就是父亲的秘密和他沉默的中心吗？又或者，是我带着可怖的怀疑冤枉了他？当他四十三岁那年在马里乌波尔遇见我母亲时，他的第一段婚姻是不是早已结束？

显然叔叔知道答案，但他沉默不语。在我不得不承认自己对父亲的苏联生活一无所知后，他似乎有些后悔给我看了这张照片。"如果你父亲什么都没告诉你，"他说道，"那么我也不能告诉你任何事。"第一次，我对面坐着一个可以照亮重重疑问暗影的人，他却不愿开口。我几乎乞求着叔叔，几乎落下泪来，但他不为所动，坚定站在自己兄长一边。因为过去我不曾了解，所以现在我也无权知晓。父亲的沉默如同水面上的波纹一样扩散开去，一直延伸到了这间莫斯科的俄式小屋。

突然，响起的门铃声打破了尴尬的局面。我本想认识一下

---

①娘子谷，又称巴比谷，是位于乌克兰首都基辅郊外的一座峡谷。1941年9月19日德军占领基辅，9月29日至30日，德军在娘子谷进行了"二战"中最迅速最残酷的大屠杀之一，两天内共有超过3.3万名犹太人遇难。——译者注

那位"废物",也就是叔叔那个失败的儿子,出现的却是模范儿子维塔利。他约莫与我同龄。让我感到有些恐怖的是,我们两人在彼此不认识的情况下竟都从事着口译工作。不过,作为堂弟的同行,我难以望其项背。他不仅说着一口几乎没有口音的德语,还精通英语、法语、意大利语和阿拉伯语。一个语言天才,通晓多种语言的人,是与我们的两位父亲完全不同的俄罗斯人种。作为罗名制①中的一员,他走遍了半个地球,魅力非凡,举止优雅,身上穿着一套寻遍莫斯科都买不到的西服。不过,在他身上仍可看到苏联男人的影子,一个出身寒微向上攀爬的人,他已经超越了自己。外交部知道他的伯父是什么人吗?他是暗中前来,还是在上级批准下与我这个叛徒的女儿会面?

除了一大盒"灵感"牌夹心巧克力,他和我一样,也带了一瓶克里米亚香槟。他熟练地开启瓶塞,只听砰的一声,软木塞飞到了低矮的天花板上。在墙上苏联大元帅的温和笑容之下,我们迅速用酒杯接住喷涌泡沫的香槟喷泉,相互碰杯。堂弟为我点烟时,我们的手轻轻碰了一下,如同过电一般。我对他并无好感,确切地说还有些厌恶,然而我的身体却有自己的想法。我与维塔利有亲属关系这个事实,在我身上引起了与通常情况完全相反的感觉。这个男人就是我身体里渴望已久的那个人,但他却不是陌生人,而是最亲近的自家人。早在人生中第一次

----

① 罗名制,又称职官名录制度,是曾在苏联及一些东欧国家实行的一种干部及职官制度,其核心是由共产党拟定政府及经济部门全部重要职位的干部名单,形成一个官僚特权体系。——译者注

拜访亲戚的路上，我的身体就已经掌握了主导权，此刻这种情况又以另一种方式场景重现。堂弟对我说话时的语气，仿佛我是一个迷途的女儿，终于回到了家的怀抱，我感觉自己开始土崩瓦解。

　　后来我已经不知道自己是如何离开叔叔的公寓，回到街上的。虽然混着喝了好几杯香槟和伏特加，凉爽的空气还是让我瞬间清醒。夜色中悬浮着无数亮灯的窗户，窗与窗如同复制粘贴一般。此刻正睡在遥远的德国养老院床上的父亲，还不知道我刚刚见了他的弟弟鲍里斯。他会时不时梦到自己的前两个孩子，还有他那遥远的、穿戴短靴和小圆帽的另一种生活吗？此行我对他了解不多，但在一天之间，我成了别人的侄女、堂姐、孙女和同父异母的妹妹。那个脸颊红润又胖嘟嘟的小女孩和那个提着花篮的小男孩还活着吗？他们是否还记得自己的父亲？他们可曾知道他离开后去了哪里？叔叔甚至连他们的名字都没有告诉我。在这片广袤无垠、风暴四起的辽阔大地上，我不可能找到他们。

　　空荡荡的街道上，一个老妇人从远处迎面走来。随着我们越来越近，我认出了她是我的婶婶卡佳。她一定也认出我了，因为她迅速将视线从我身上移开，看向地面，还把头巾向下拉到脸上。因为我的离开，她可以回家了。

十

　　装有父亲遗体的棺材被运送到崭新的现代化小教堂，在那里，祭坛上方是未经装饰的木制十字架。他孤零零地躺在高耸的穹顶下，身旁有四位哀悼者。曾经安葬过我母亲的约安神父早已去世。一名年轻的波兰人接替了他，照管着一片望不到头的区域，还在各地轮流举行俄罗斯东正教主日礼拜。现在，他驱车将近一百公里，前来安葬一位不相识的俄国老人。他穿上祭披，戴上卡美拉琼帽，然后在父亲的额头放了葬礼头带，那是一条写着古教会斯拉夫语字母的纸带，象征着天堂的荣誉花环。他点燃随身携带的香炉，开始诵读追思弥撒。

　　父亲从未和我讨论过他的葬礼，但我知道，他从未摆脱过童年时期俄罗斯东正教的传统烙印。一场由俄国神父主持的教堂葬礼必定是他的人生信条之一，请来这位神父，我也完成了对他最后的义务。神父的念诵让我想起儿时参加过的主日礼拜，只不过这次没有教堂合唱团了。神父注定要独自唱诵。他首先演唱了自己的部分，而后承担了合唱团的部分——一人完成交互轮唱，这种唱法在他多年服务分散在德国各地的教堂期间，也许早已成为惯例。在他身上，神父、教堂合唱团和教区教徒合而为一。

在父亲生命的最后几个月，我获得了普法尔茨地区一家艺术家之家的奖学金。接受奖学金之前，我最后一次去看他，发现他已处于无人照管的状态，这种状态再次以一种恐怖的方式揭开了养老院干净明亮的门面背后所隐藏的真相。父亲周遭满是发霉的残羹剩饭，裤子上糊着干硬成壳的排泄物，指甲像鸟爪一样在结痂的手指上隆起变形。似乎已有数周没人帮他洗漱甚至剃须了，他脸上长出稻草一般造型怪异的胡须，他无法再控制排便，显然也做不到独自去洗手间，弄脏的内裤散落在地板上，房间里散发着令人难以忍受的恶臭。父亲现在几乎每时每刻都在咳嗽，他咳得说不出话，喘不上气，他面前桌子上的玻璃痰盂已经满到快溢出来，里面全是从他破损肺脏中不停咳出的黏稠痰液。他整个人只剩下咳嗽，这种咳嗽在很长时间里一直是他生命的一部分——现在看来他变成了咳嗽的一部分，他的死亡长久隐藏在这咳嗽之中，如今已抵达生命的尽头。在更早之前，他的右眼就已经失明，只有左眼还残存微弱的视力，而偏偏这只好眼又出现了上眼睑松弛。他就这样睁着一只失明的眼睛，闭着尚有视力的那只眼睛，坐在我为他买的电视椅上，如果咳嗽给了他几秒喘息的时间，他便用手指抬起下垂的上眼皮，透过缝隙探寻外界还能看清的事物。

我打扫、整理了他的房间，又与养老院管理部门大吵一架，之后开车回到了艺术家之家。当我再打电话给他时，他没有抱怨，但他似乎已经虚弱到连拿起电话听筒都费力的地步了。尽管年事已高，还患有严重的动脉硬化，他的神志却始终清醒，不过现在他已经不知道我住在哪儿了，也不知道我暂时去了另一个地方。

那是十一月的某个星期日下午，窗外山坡上的葡萄园笼罩在阴云密布的天空下，我接到了养老院打来的电话。我被告知，父亲从一周前开始拒绝进食，也不再服用维持生命的必需药物。我询问电话那头这是什么意思，父亲是否濒临去世，那个声音回答道："是的，有可能。"

我曾无数次想象过，有一天这通电话打来时会是何种情形，而我一直盼望的是，得知父亲已经死亡而不是他即将去世的消息。没有比目睹他的死亡过程更令我恐惧的事情了。显然，此刻我面对的正是后者。我想知道发生了什么。他是想通过不再进食和服药来求得一死吗，还是已经虚弱到无法吞咽？死亡是他的主动选择吗，还是非他所愿，因为他也并非掌管万事万物的终极权威？

此后不久，我再次回到他的床前，每天数小时守在那里，我不知道，那时他是否还能感知到我的存在。几周过去了，他毫无变化。父亲似乎到了垂死挣扎的境地，然而这种情况持续之久，使它开始变成一种日常，也许这次也不过是一场格外严重的危机，他一如往常总能挺过。

一个短暂而不安的夜晚过后，脑中越来越浓的迷雾令我头昏脑涨，疲惫不堪，我气喘吁吁地爬上了五楼，在走廊上就闻到一股难以形容的气味扑面而来，当中混合着清洁剂和消毒剂这种养老院常见的气味，随着我离父亲的房间越来越近，这股味道越来越刺鼻。我说不清他这具垂死的身体散发出的气味让我联想到什么，是肉桂，还是他为治疗疟疾长年服用的奎宁，又或是热带花朵发出的黏腻气味。无论如何，父亲的这种死亡气息我已经闻了数周之久，有时在我看来，我吸入的仿佛就是他即将终结的生命，仿佛他要以这种方式再次侵袭我，使我成为承载他生命的容器。

他完全不曾预料到，他的信念中蕴含了多少真相，而多亏他的管教，我成了一名作家。他的沉默始终是我拿笔抗争的对象，从一开始就滋养了我的写作欲望。对我来说，他的沉默已经变成了宇宙的沉默，令我绝望，与此同时，当我坐在他的临终病榻前，这沉默也始终在我头顶盘旋，我害怕他会在最后一刻开口讲话。我不知道如果那样会发生什么，但我看到那一刻自己会在这个世界消失，彻底无影无踪。

六个星期后，日复一日的陪护让我筋疲力尽，体力不支。我把下次去看他的时间连着推迟了两天，一头扎进纽伦堡那套背街公寓的卧室里，那里听不到电话声，只有床头后面一家花边厂的缝纫机咔嗒作响。我不知道自己是睡着了，还是恍惚了，一种父亲转移给我的极度疲惫。当我两天来第一次走出卧室，走廊尽头电话铃声大作。当时已是深夜。养老院院长从上午就试图与我联系,他愤怒地告知我父亲在上午九点左右已经去世。院长妻子后来告诉我,她九点多进入房间时,父亲的身体仍然是温热的,他一定是平静地睡去了,因为她不曾看出临终挣扎的痕迹。

放下院长的电话,我想到的第一件事就是冲出门跑到街上。我不知道自己为什么要这样做,但几分钟后,我已经站在一家花店中,买了红玫瑰。父亲在世时,我从未想过要送花给他,此刻却手捧着一大束给他的玫瑰花,不知所措。我的童年,早已不复存在的另一种俄国现实,以及我们那从不能称之为家的家庭——所有这些的残余,都跟随他一起永远在这个世界消失了。在德国,除了我和妹妹,没有人再有理由记得这位俄国老人,他在离开自己的祖国大约半个世纪后,死在了一家德国养老院的床上,他的弟弟鲍里斯已在五年前先于他去世。我那位坐在门诊部台阶上的婶婶卡佳,在她丈夫离世后不久也去世了。尽管年纪最长,父亲却是他们兄弟四个中最后一个离开人世的。与他去世这件事唯一还有关系的人,就是我同父异母的兄姐了,但是即便他们还活着,也永远不会得知父亲在一个西德小镇养老院中的死讯。

从莫斯科回来后,我与堂弟维塔利保持联络了一段时间。起初,这份新发现亲属关系的喜悦之情让我做好了迎接远距离通信的准备,然而,这条亲情线不久便再次断掉。维塔利向我讲述他的旅行,他所看过的风景和城市,包括埃及的努比亚古迹和留尼汪岛的火山景观，还有他周日与妻子漫步走过日渐时髦的莫斯科老城区，但若我向他问起私人问题，便没有了回应。他从不谈论自己的事，也无意了解我本人，或者我在德国的生活。对于我父亲的生平，他表示自己并不了解，家中也从未讨论过。当我建议一起寻找线索时，他不置可否。我没有兴趣一直聊那些异国风情，所以我们之间的联络逐渐陷入停滞，最终被同样转移到维塔利身上的沉默所扼杀。

我探寻最多的问题之一，便是父母结婚之前的那段经历。不难想象父亲被母亲身上的哪点所吸引，但是反之又是为何呢？母亲在他身上能找到什么闪光点？是什么将她这样一位受过教育、出身高贵的敏感女人与我父亲这样平凡的男人联系在了一起？十月革命过后，她的家庭被没收财产，她在贫穷中长大，被排斥，被敌对，长期处于对父母、对兄弟姐妹和对自己的忧惧之中。战争期间她孤身一人，身边至多只有保姆托尼娅。她的父亲已经去世，哥哥在前线，姐姐被流放至极地，母亲在战乱中下落不明。这便是她与我父亲相遇之前的情形——一个迷茫无望、几近饿死的二十三岁女子，被固执的母亲养育成还要依靠仆人生活，此时却不得不在战争中独自求生。

对父亲来说，从他失去父母到与我母亲相遇，中间隔了大约三十年——这三个十年对我来说是一大空白。记忆中，除了他对卡梅申西瓜的迷恋，以及对产自高加索地区的桃子的不时赞美，再无其他能填补这段空白。他从未说过他在什么地方吃过这些桃子，但它们会不会是他在三十年间的某个时期曾在高加索地区待过的证明？这些桃子似乎也代表了他生命中的一段幸福时光。也许他曾与第一任妻子在高加索地区生活过？她是来自格鲁吉亚、亚美尼亚或阿塞拜疆的犹太人吗？我沉浸在种种猜想和假设之中，然而仅从对高加索桃子的喜好中并不能得出太多结论，连接卡梅申到马里乌波尔的桥梁也无从架起。结婚证书上仅表明，父亲与母亲于1943年7月在被占领的马里乌波尔结婚，就在苏联红军重新夺回这座城市之前不久。

在我的想象中，他对她来说是天外救星一般的存在，一个年长她二十岁的男人，生活经验丰富，自小就不得不为了生存挣扎，深谙世道。他给了母亲当时最需要的东西：保护。也许某次又遇上断电时，他设法从一片废墟、血流成河的马里乌波尔搞到了食物、烧炉子的柴火还有灯用煤油。他会做汤，这是母亲从未学过的，而当城市遭遇空袭，房屋震荡，他会在地下室紧紧抱住她。

不过，除了苦难之外，他们可能还有其他共同之处。母亲出自音乐世家，唱歌和弹钢琴是她们家庭日常生活的一部分。她的哥哥是一名歌剧演唱家，姨母是钢琴家，她的母亲则教授钢琴课，而且拥有迷人的女低音，会演唱浪漫曲和歌剧咏叹调。也许父亲在儿时的唱诗班经历之后也一直有在唱歌。俄罗斯是个全民歌唱的国度，人们就连每次在厨房与朋友会面时都会唱歌。而且我们在家也总唱歌，有时，一起唱歌似乎是唯一仍将我们凝聚在一起的事情。毫无疑问，我的父母曾在马里乌波尔对唱，也许，母亲着迷的是父亲那明亮动人的男高音，也许，她爱恋的是他们声音的和谐之美。

此外，两人都接受过宗教教育，并且在规定的无神论[①]环境之下仍然坚持宗教信仰，这一定也成了联结他们的纽带之一。尤其是对斯大林共同的仇恨可能也促成了他们的结合。由于出身，母亲的名字被列入了那份随时可能被逮捕和杀害的名单。看起来父亲好像也上了这份名单，尽管是出于其他某个我不了解的原因。不过，他们最大的共同点可能在于，两人都不被苏维埃制度所接纳，他们在这一制度下看不到生存机会。

我倾听着神父单调的念诵，眼前再次浮现出父亲去世前生活过的房间。早在去世之前，他的生命就已经从这个房间中消失了。房间的地毯被移走，露出了粘在一起的灰色油毡，而他人生最后十五年里一直睡着的那张青少年床也被医用病床所取代。他的放大镜，那件仍挂在椅子上的棕色针织外套，他在养老院里学会穿的居家拖鞋，还有他的手表——所有这些他都不再需要了。墙上的俄文日历停留在很久以前，那是父亲最后一次撕掉日历的那天，也是他脱离时间，或是再没有力气抬手的那一天。病床上方悬挂着一个他够不到的吊架，靠着架子有人每天匆忙给他换几次尿布。尽管他早就失去了咀嚼能力，更别提拿起餐具，但养老院仍然给他送去正常的院内餐食，默默放在床头柜上，之后又默默收走。我给他带去了婴儿食品和酸奶，却很少能喂

[①] 20世纪50年代初期，东德政府为了使民众学习和信仰马克思列宁主义，对包括新教和天主教在内的基督教进行了镇压，规定教会学校一律不得招收学生。——译者注

一勺进他嘴里,他总是别过头去,拒绝吞咽。他唯一不会抗拒的,只有我用吸管杯喂他喝的茶水。他的咳嗽变成了一种持续的、浑浊不清的咕噜作响,他也不再有力气咳出那些淹没整个肺脏的浓痰了。他伸长下巴,吸紧嘴巴,一动不动地躺在床上,他的沉默最终变成了喉间的残喘,变成了窒息的肺部不断的咕噜作响,如同靠着呼吸管浮潜。很显然,空气和食物不再是他的生命之源,他已经脱离了人类的生命规律,如同被海浪冲到陆地上的鱼一样躺在这张床上。

有一次他还尝试着分辨时间。他睁开眼睛,用出奇清晰的声音询问现在几点了。他甚至还能区分白天和黑夜,因为我告诉他时间之后,他还会问是上午还是晚上,然后问有轨电车何时发车。距离他上次乘坐有轨电车已经过去了很长时间,但显然那是他最后一次出行时选择的交通工具。

还有一次,他抱怨床头柜上的抽屉被锁住了。我打开抽屉,跟他解释上面根本没有锁头。"他们用空气锁上了它。"他答道,呼吸声仍像浮潜时一样,失明的右眼呆望着远处,那里充满了他的假想敌人。我想起了父亲当时已经过世的养老院邻居,她曾经向我抱怨自己什么东西都握不住了,因为养老院管理部门偷偷给所有物品都打上了肥皂。我们所谓的老年妄想症,也许无非是精神已无法认识到身体的极度衰弱,而将痛苦归咎于外部敌人从而产生的过度紧张。

有一天,一位医生过来,想劝父亲从床上起身。可是他一点也不配合,医生便不假思索将他抬下床,像搁木头一样把他放在地上。扶了他一小会儿,医生就放开了手。我以为这不可能,但父亲的的确确再一次自己站了起来,他向前弯着身子,侧身倚着床沿,一只手搭在床头柜上,腿细得像两根棍子。他身穿一件及膝的白色露背病号服,仅在脖子处打结系住,裸露的后背正对着我。他的皮肤并不像我想象中的老年人那般松弛,而是像闪着亮光的赭黄色玻璃纸一样紧裹在骨架上,似乎随时都可能裂开。这副模样让我想起一种后腿半直立的大型长角昆虫,仿佛永远保持着这个姿势僵直不动。

父亲去世前的声学环境本身就是一个不愉快的意外事件。我知道他对噪声非常敏感——在他身体还健康时,我注意到他唯一的痛苦,就是外界噪声的困扰。如果他的听力在生命最后几周里像身体的其他部位一样受损,那也许还仁慈些,然而,偏偏他的听力直到最后都完好无损。过去这栋建筑里常年弥漫着死一般的寂静,但就在父亲去世前,养老院开始整修,空气锤从早到晚在墙壁上轰鸣。他死在了一个建筑工地上,而我对此无能为力。我与养老院管理部门多次力争,请求将他转移到另一个安静些的房间,但无济于事,因为所有还能住人的房间都人满为患,要父亲庆幸自己在这种情况下还能奢侈地享受住单间。我请求主治医生把他送进医院,送进一个让他可以安宁死去的房间,但医生拒绝了:以我父亲的情况,再支出住院费用不合情理。此次谈话同样不欢而散,这一次是在他的临终病榻前。我不断在为他奔走中碰壁,不断与人交涉,却从未成功维护他的利益——他自始至终都是一个不合时宜、无法归类的存在。

我曾多次想过,把他接回我家,但我不仅没有二十四小时照看一个垂死之人的条件和能力,更缺乏那份勇气。我对他没有任何义务,我与他之间的故事已让我永远摆脱身为女儿的所有责任,这是我对自己这份怯懦的辩白。有时我会幻想,在他的茶里放一打我的安眠药,然后用吸管杯喂他喝下,然而,这样的救赎之举只能由爱完成,靠怜悯来助力,而我对父亲并不具备这种感情。我是一个注视他死去的守卫者,仅此而已。

只有一次。在父亲的临终病榻上,我给他脚部皲裂的皮肤涂润肤霜,奇怪的是,他双脚热热的,并不冰凉。那是我们之间最亲密的一次接触,我的手放在他灼热又干燥的脚上,这双脚于他已没有任何用处,只会给他带来疼痛。润肤霜显然起到了缓解作用,至少我为他涂抹时,他深深地松了好几口气。我决心从那时起要经常这样做,尽管最终还是没能做到。

出乎意料的是,有一天他又开始进食了。也许因为鱼是他在伏尔加河畔童年时期的主要食物,他一直特别喜欢吃,所以我在自制的蔬菜土豆泥中混合了一些鲲鱼酱,他吞下第一勺之后,立刻又张大嘴巴。他开始吃个不停。每天早晨去见他之前,我都会烹制泥糊状食物,后来分量越来越大,因为他——一个在吃饭方面一直非常克制的人,突然胃口大开。他那副几近饿死的身体似乎想补回过去数周没吃下的所有食物,一勺又一勺掺有鲲鱼酱的蔬菜泥消失在他黑洞一般大张的嘴巴中,一种邪恶的恐惧向我袭来。我余生都会困在父亲这种临终前的日常之中吗？尽管已有种种濒死挣扎的迹象，这次他又会恢复过来吗？难道这次也只是一个插曲，是他将一如往常安然度过的诸多严重危机之一？这一切会永无止境吗？

十一

对父亲而言，纳粹的侵略战争开始于1941年10月8日的马里乌波尔。这一天，这座乌克兰城市被德国武装部队占领——希特勒的巴巴罗萨计划，目的是摧毁布尔什维主义，并为德国人民占领新的生存空间。他的计划包括，消灭尽可能多的斯拉夫人，并使其余人臣服于德国优等民族。未来的国民不应该有自己的文化，他们不受教育，没有身份，只能接受命令，成为服务于千年德意志帝国的奴隶。

不仅城市的港口设施、火车站和工厂遭炸弹袭击，很大一部分住宅楼也被摧毁了。水电几乎都已断掉，越来越多的人涌入那些还未倒塌的房屋。所有人都必须为德国人工作——如果不这样做，就得不到食品券，只能饿死。但这恰恰是斯大林对人民的要求。在他的统治下，每个人都要做好为祖国英勇牺牲的准备。因为不想饿死，苏联全体人民都成了叛国者。仅仅是他们在被占领区幸存这一事实就足以成为通敌的嫌疑。

在苏联经济受德国国防军打击走向萧条的同时，德国的军工业却在蓬勃发展。问题在于，大多数德国男性都在前线，劳动力严重短缺。纳粹陷入了困境。一方面，要杜绝德国血统与劣等的斯拉夫血统混杂；另一方面，要赢得战争只能依靠劳动力输入。

在幅员辽阔的苏联被占领区，可作为强制劳工的人数最多。在大规模驱逐他们出境之前，首先是广泛的宣传活动，邀请苏联公民自愿报名前往德国工作。那些饱受战争折磨、食不果腹的人们被许诺到德国就像进了天堂。起初，无处不在的宣传攻势取得了一定成效，然而，随着在德国工作和生活条件的真相逐渐揭开，自愿前往招募强制劳工的劳动局的人大幅减少。

希特勒任命他的模范省长官弗里茨·绍克尔为全德意志劳动力调配全权总代表。在"彻底铲除人道主义妄想的最后残渣"的口号下，他下达了展开人员抓捕的命令。整个战争年代，数百万苏联人常常在街上走着或站着时就被逮捕，然后被关进运输牲畜的火车车厢中遭送至德国。一个个村庄的村民被集体运走，包括老人和儿童，房屋也被烧毁。仅在马里乌波尔就有六万人被强行带走，其中十分之一再也没有回来。

我的父母直到1944年4月才离开乌克兰。这推翻了我之前的猜测，在此之前我一直以为他们是自愿离开乌克兰的。当时每个人都已经知道德国的实际情况。只有在农场和小型家族企业中，来自东欧的强制劳工才有极小的可能得到良好待遇，而在他们通常构成半数劳动力的大型工厂中，则实行着"劳役灭绝"[①]。斯拉夫人不过是一种生产资料，可以花最低的成本进行最大程度的剥削利用。一旦他们的力气耗尽，要么被当作废人遣送回乡，要么被送往病人营房，任其自生自灭。多数人就死在了那里。

如果真如父亲多次表明的那样，他和母亲确实是在这么迟的时间点自愿离开乌克兰的，那么他们一定是到了别无退路的境地，只能在强制劳役和等死之间选一个。无论如何，苏联红军即将夺回马里乌波尔时，他们逃往了敖德萨，当时那里仍然牢牢掌握在德国国防军手中。他们在那儿藏身于母亲的一位姨母家，但不久之后，红军便打到了敖德萨城门前。他们乘坐一艘德国船只跨越黑海抵达罗马尼亚，船上有战略物资，还有未来的强制劳工们。许多走海路被遣送出境的人在途中丧生——红军会轰炸那些运载掠夺来的原材料驶离的船只，不管同在船上的同胞生死。父亲和母亲很幸运，他们活了下来。

这是他们第一次踏上苏联之外的土地。在罗马尼亚，斯大林鞭长莫及，这里是德国的战时同盟国。在中转营停留过后，旅程继续，要么走水路跨越多瑙河，要么在一节载满人的运输牲畜的车厢里，一路向德意志帝国行进。也许直到抵达莱比锡，

[①] 纳粹德国期间，强迫劳役成为一种杀害强制劳工或囚犯的方式，这一理念发展成专有名词：Vernichtung durch Arbeit。作为大屠杀的一部分，强迫劳役具有双重目的：一是为纳粹提供劳动力，二是由此杀死原本需用其他方法杀死的囚犯。在过度劳役和恶劣待遇之下，劳动者平均在四个月后死亡。——译者注

父亲才隐约料到，等待他们的是什么：一座大型古拉格。一个遍地是营地的国度。四万五千个营地中，有三万个是强制劳工营。

我的父母被分配到弗利克康采恩下属的一家军工企业，名叫通用运输设备有限公司，简称ATG。这是一家战斗机组装工厂：一家巨型公司，地上和地下都有车间，自成一座小型城市。近万人在这里工作，其中两千人是强制劳工。他们被安置在二十个人满为患的不同营地中，严格按照国籍和性别分开。任何人都不允许和"东方劳工"交谈——这是赫尔曼·戈林创造的专业术语，他们是一个单独的群体，必须在衣服上佩戴标有"OST"字样的徽章，仅比犹太人佩戴的六芒星略好一些。有时他们被称作"役畜"，但事实上他们连这都算不上。役畜会得到足够的食物和照料，而这样的成本却不会花在斯拉夫劳工身上。在辽阔的东方大地，自然有无限量的新鲜且成本极低的劳动力补给。

ATG公司的档案已经不复存在，也许在战争中被烧毁了，更可能是公司领导层自己销毁了，以免留下任何痕迹。在纽伦堡审判中，强迫劳役被判为危害人类罪，弗里茨·绍克尔这个"法老时代以来最大最残酷的奴隶主"被判处绞刑，审判过程中，一些前ATG管理者还试图粉饰罪行。尽管众所周知，弗利克康采恩总计雇用了超过十万名强制劳工，给他们非人的劳动和生活条件，特别是"东方劳工"，然而，他们却几乎把那里的营地夸上了天。

时年四十四岁的父亲比大部分强制劳工都要年长许多，他们中大多数人是十几岁的青少年，到了最后连十岁以上的儿童也被遣送出境。我从一份来自当时美军占领区管理机构的褪色调查表中得知，父亲在马里乌波尔生活的五年时间里曾当过簿记员。他是怎么偏巧做上簿记工作的，我很难想象，但是对于他这样的人来说，不必从事体力劳动，可以坐办公室这件事一定是个巨大福音。无论如何，当他来到德国时，他已经不能或不再适应做体力活，而且他也不再年轻。

我该如何将他想象为一名强制劳工？当时他是什么模样？在他身上还能看到照片中那个迷人而有活力，脚蹬一双纽扣靴的年轻男子的影子吗？还是他瘦得只剩下皮包骨头，面容憔悴，身染疥疮，满身虱子，眼圈发黑，锁骨突出？他成了那些衣衫褴褛的人之一吗，清晨五点便在监工动辄辱骂殴打的看守下，光脚踩着磨脚的木鞋被赶去服劳役？也许他患上了饥饿引发的常见症状：浮肿、腹泻和便秘，视力受损，盗汗，头晕，发抖，还有总想着食物的强迫症？

斯拉夫劳工的伙食中有一种浑浊的汤，俄文叫作 balanda，是一种很稀的营地汤食，里面漂着一些白菜叶和切块的甜菜根或土豆。每周会有一次低档肉铺的生马肉和一百克人造黄油。主食是一种所谓的俄国面包，由粗磨黑麦、甜菜块、秸秆粉和树叶制成，吃下后会损害消化系统。许多强制劳工患有伤寒和痢疾，肺结核也在营地中蔓延。那些疾病发作的人几乎没有生存机会。他们被送至所谓的慢性传染病疗养所，如果没有很快自己丧命，就会在过量药物作用下被杀害，因为他们恢复劳动能力的可能性微乎其微。

也许父亲险些才逃过这种命运。战后,他接受X射线检查时曾在肺部发现多处可疑斑点,但疾病直到他上了年纪后才发作。他不得不在一家肺病疗养所度过三个月,跟另外二十多个又咳嗽又吐血的男人待在同一个大厅,但他获得了抗生素并且恢复了健康,而许多强制劳工在获得解放多年后仍然死于当年在营地中感染的肺结核。

东方劳工的工作时长是每周六天,每天十二小时。大多数人会利用周日这天好好睡个觉,清洗衣服,或是在简陋的条件下搞搞个人卫生。不过,人力不足时周日也需要工作,这种现象在战争后期越来越普遍。

父亲对污垢的厌恶我早已熟知,这种厌恶可能早在落后的、缺乏文明卫生条件的苏联就已产生,但肯定在劳改营中变得愈加严重。当他用难以实现的清洁要求恐吓我和母亲时,也许仍然在对抗肮脏的营地世界——对抗满是污渍、爬满虫子的木板床,恶臭难耐的厕所异味,油腻黏滑的洗涤槽,腹泻的上铺滴落在他身上的排泄物,以及污染变质、细菌滋生的食物。也许仅从一颗尘粒中,他就能看到当年那些渗透他每一个毛孔,无法根除又无所不在的营地污物。

他对噪声的特殊敏感性可能也归咎于劳改营,因为营地不仅是脏污的世界,还是噪声的世界。安静在那里是不存在的。白天的十二小时里,车间里进行着金属的切割、焊接、锤击、钻孔和打磨,ATG场地内试飞着组装完成的机器。白天的十二小时里,人们的耳朵始终处于一场声音的持续雷暴中,这对父亲这样听力灵敏的人来说无异于折磨。夜晚的营房也从不安静。男人们打鼾，有些人在睡梦中尖叫，还有些人咳嗽或呻吟，外面不时传来警卫的咆哮和嗅探犬的吠声，巡逻人员在它们的指引下搜索逃跑的劳工。

尽管营房夜里会封锁，但偶尔也会有人逃跑成功。有些人去周围田地里寻找腐烂的土豆，还有些人试图逃到树林中。被抓到的人会被枪决，或者在温度零下的环境中被从头浇下一身冷水，然后被关禁闭。不言而喻，劳工无权辞职，不能更换工作，当然也不能回家。他们是雇主的财产。外出很少被允许，且多数时候只能在监工陪同下。他们被禁止拥有自行车，禁止乘坐公共交通工具，也禁止去餐馆。

在父亲对我的残酷殴打中，落在我身上的也许还有他在营地中的那段过往。他了解被打的滋味，营地的监工有权责罚劳工，且乐此不疲。弗里茨·绍克尔鼓励公司管理层，缩短处理不听话的强制劳工的流程，将其立刻移交警察，绞死，枪毙。没人知道实际上有多少劳工被枪杀和殴打致死，所谓的扇耳光、鞭打、断粮、延长工作时间、关禁闭、夜里每小时叫醒一次等惩罚和刁难都是家常便饭。仅仅因为一点琐事，一个东方劳工就会被送去集中营，或者，更糟的，被送去很少有人活着离开的劳教营。

他对德语的拒绝自然是源于俄国人那种坚决抗拒一切外来事物的心态，但营地生活无疑也为此出了一份力。他第一次听到德语也许是从马里乌波尔的德国占领者口中，后来又在ATG的营地再次听到，那里并不是适合向德语敞开心扉的地方，更

145

别提学着爱上德语了。起初，他装作耳聋，好对监工对斯拉夫下等人的谩骂充耳不闻，但随着时间的流逝，他筑起了一道隔绝德语的墙，一堵再也无法拆除的防护墙。

一个像我这样的女儿，一有机会就争取去了德国人那边，对他来说难道不是叛徒，不是那些虐待、殴打、嘲弄他的人的盟友吗？因为不理解一个孩子对其所属环境的基本归属感需求，他是不是曾试图制服我，囚禁我，让我成为他的财产，就像他本人曾先后被当作苏维埃政权和弗利克公司的财产那样？一个从未体会过自由的人，一个生活在两大独裁政权束缚之下的人，又如何能将自由给予他人，以及他的孩子呢？于他而言，自由可能只是一个抽象的概念。他从未了解过自由的种种严苛之处，那是他生命中不曾拥有过的。

他知道我的母亲，那个不久前嫁给他的"真正意义上的纯洁女孩"，在这片广阔营地中身处何方吗？他知道她在哪里服劳役、她的营房在何处吗？那时他还爱着她吗，会担心她吗？他会不时在ATG的场地上偶遇她吗？他们的轨迹有交汇吗？那里有可供男女秘密相会的小隔间吗？

与德国女人发生性关系将使他丢掉性命，染指德国女性的斯拉夫男人会被当作强奸者绞死，女人则被当作妓女游街。但是，对于结为夫妻的强制劳工是怎么规定的？德意志帝国对劣等种族的后代不感兴趣，这也是为什么男人不允许进入女工营，女人也不允许踏足男工营的原因。尽管如此，母亲还是怀上了我。营地中怀孕的人还有很多，许多孕妇被迫堕胎，仍然能降生的孩子通常一出生就被夺走，送到所谓的"杂种饲养场"。大多数孩子或饿死，或死于疾病和缺乏卫生护理。有些孩子会"免受"这场磨难，因为他们一开始就被注射毒针杀死了。

父亲知晓这些事情吗？他知道自己身处怎样的地狱之中吗，还是他根本不想知道，因为只有什么都不知道、什么都不去想、什么都感觉不到，只会像机器一样拼命干活的人才能生存下来？对他来说，德国劳改营是一种痛苦的觉醒，还是仅仅加剧了他早已习以为常的生活的残酷？我曾听说一个波兰女人从集中营救出了一名犹太儿童。有一天，一位邻居老人去世，那个孩子问道："他是被毒死还是被枪杀的？"就像这个孩子不知道大多数人是自然离世一样，也许我的父亲也不知道，这世上还存在没有暴力和饥饿的生活。他从一个极权的恐怖落入另一个极权的更大恐怖之中，也许到了德国之后他才意识到，他在这里属于劣等种族，在人们眼中只是一台工作机器，仅此而已。

这一定契合了他作为斯拉夫人早已有之的自卑情结，也许他内心甚至认同德国纳粹的种族主义。同时，内疚感可能也折磨着他，因为他参与制造了针对同胞的军事装备。还是他不容许自己有这样的想法，他眼下只有他已经逃脱、并且参与毁灭的，令人憎恨的苏维埃政权？是对那个制度的仇恨给了他坚持下去的力量吗？或者除了仇恨，还有希望，期盼有一天一切终将结束，他和年轻的妻子将开启自由的生活？

对于他和其他所有人来说，一切问题的关键都在于，战争还将持续多久。广播或报纸当然是不存在的，营地就是一座孤岛，一个孤立封闭的有机体，任何事都无法从外界渗透进来。没有人知道前线发生了什么，每个人都靠谣言过活，紧抓每一个关于胜利或失败的谣传不放。一些人希望苏联红军早日到来，另一些人则指望着美国人。有些人渴望最终重返家园，回到父母和家人身边，还有些人不想回去，他们希望战后在德国过上更好的生活，尽管他们还在为战争的持续卖着命。若没有这些不受法律保护的奴隶劳工大军，德国的战时经济早就走到了尽头。几乎没有一家德国工厂、手工作坊、农场和一个家庭未曾从来自世界各地的廉价劳动力中受益。一名东方劳工每周的薪水大约是七马克，这些钱甚至不够买一个面包，当时一个面包的价格是十帝国马克。

恐惧压倒了一切。美国人在白天发动空袭，英国人则在夜里。莱比锡陷入火海，大火引发了火灾风暴。德国民众逃进防空洞，强制劳工则只有在特殊情况下才能进入，晚上他们被锁在营房里。有些人祈祷，还有些人尖叫，其余人则呆滞地躺在木板床上，听着燃烧弹和爆破弹的爆炸声，看着窗户上反射的火光。无数强制劳工在同盟国的空袭下丧生，但是没有证据表明ATG的营地曾遭炸弹袭击。我的父亲母亲一次又一次逃脱了死亡，继德国和苏联之后，他们又在美国人和英国人的轰炸中幸免于难。

尽管有重重看守，他们一定还是找到了可以秘密相拥的地方，因为当美国人1945年5月解放莱比锡时，我的母亲已怀孕三个月了。如果我早半年出生，那么作为他们的第一个孩子，我可能也会被送去"杂种饲养场"，最后被装进一个人造黄油的大盒子里，埋在营地某处。也许这样对父母来说会更好。也许这个他们并不想要的孩子，就是让木桶溢出的最后一滴水，是压死骆驼的最后一根稻草。

解放后，全德数以百万计的强制劳工一夜之间失去了栖身之所。他们与集中营的幸存者以及来自东部的被驱逐者和难民一起，构成了有史以来最大规模的民族大迁徙之一。雅尔塔会议通过了强制遣返所有苏联公民的决定。据说营地中经常出现可怕的场面：来自苏联的强制劳工扑倒在西方同盟军脚边，乞求同盟军要么让他们留在德国，要么干脆枪毙了他们。有些人已经在营房里悬梁自尽，因为害怕斯大林的报复。还有些人一心只想重返家园，他们长途跋涉，这些身形憔悴、衣衫褴褛的人们集合起来，用手推车拉着自己最后那点破烂家当行进。对西方同盟国而言，将数百万被驱逐者全部运送回国是一个几乎不可能完成的任务。

涉嫌战时主动与敌人勾结的被遣返者在抵达苏联后立刻被枪毙，许多人从德国劳改营被无缝转运到苏联劳改营，大多数人被排挤至社会边缘——除了在多年后提出赔偿申请的少数人，那些被绝口不提的人们自己也沉默不语。他们害怕自己不符合英勇的苏联人形象，因为苏联人宁可自杀也不愿为敌人服务。通常他们既找不到工作也没有住处，多数人生活在极度贫困中，直到去世。

只有少数人设法逃脱了强制遣返，留在了德国。我的父母是如何做到的？在这个问题上我几乎一无所获。当局知道他们是从乌克兰来到德国的，但是在一份美国人的调查表中，父母在他们的出生地那栏写的是克拉科夫。这样做只可能因为一个事实：在被遣送出境时期生活在波兰国土上的苏联公民，如果不愿意，可以不必被遣返。没有人会相信我父母的谎言，尤其是同一份调查表的另一处显示他们的遣送出境地是敖德萨。这是父母生平中的又一个谜团，如果我知道真相，可能会得知一个版本完全不同的故事。

至少有一点可以肯定，如果美国人留在萨克森，那么我也许会出生在莱比锡，但是解放后仅两个月，他们便撤离了，将德国东部转让给苏联红军。我的父母又一次落入苏维埃政权手中，在德国也依旧没能逃脱它的控制。父亲和他怀孕的妻子以及一对乌克兰夫妇一起向西逃亡。他们不知通过什么途径抵达了纽伦堡。在城市的废墟中，他们找到了一个没有上锁的铁器厂简易仓库，在那里秘密栖身了一夜，他们不曾预料到，这个偶然发现的藏身之处将是他们在德国的第一个家，未来的很长一段时间里他们将继续留在这里。

如今无数营地中解放出来的外国人被称作流离失所者，他们不能自己决定居住地点，而必须被安置进众多新的集合营地之一。尽管如此，我的父母还是在一位德国工厂主的帮助下打破了这项规定。这位善良的工厂主可能自己曾雇用过强制劳工，如今想做出弥补，便把仓库留给了这两对乌克兰夫妇。尽管这会让自己面临惩罚，他仍准许他们在他的私人领地上避难长达五年。

仓库中存放着一捆捆生锈的废铁，我们便生活在它们剩下的空间里。仓库位于与菲尔特接壤的交界地带，我仍然记得地址：菲尔特十字路口1a号。一个未铺砌路面的院子，堆满废铁；一座铁路路堤，客运和货运列车昼夜不停地驶过；一间铁路巡道工的小屋，是我们取水的地方；工厂中机器隆隆作响，我们的仓库也随之整日震个不停；另一边，工厂主的私人住宅掩映在树后。

若是在流离失所者营地里，我的父母和他们的同屋还能得到基本供给，但是在这片战后的荒野之地中，他们是如何生存下来的？也许慷慨的工厂主会不时悄悄给他们送些东西，也许还有这个或那个工人偶尔为他们留出些盈余，也许两个男人会在房屋废墟里翻找被掩埋的食物，也许他们会去偷窃，也许我父亲设法在黑市上做了什么买卖，他还不时靠把收集来的废铁卖给废品收购商赚到几芬尼。

我的出生证明显示，我于1945年12月的一天清晨出生在菲尔特的一家医院里，也就是至今仍然存在的纳坦斯蒂夫特医院，这是犹太银行家阿尔弗雷德·路易所建的妇产医院，它在战争中幸存了下来，距离我们当时的住址两到三公里。可能是父亲带母亲过去的，他和他的乌克兰朋友一起搀扶着她，因为她已经开始阵痛。天气应该很冷，也许还下着雪。他们可能在仓库里为婴儿准备了一个旧木箱，里面铺着毯子。那里一定有个炉子，否则我们不可能熬过五个冬天。男人们可能还要去寻找燃料，拿走一切可燃的东西。也许附近有一片森林，他们从中拖出折断了的潮湿树枝，也许还从某个地方偷来了煤球。不知何故，包裹在破布中的婴儿日夜哭喊。她一直哭个不停，后来他们这么告诉我。

眼前的画面应该是来源于我后来听到的讲述，但仿佛是我亲眼所见一样：我的父母赤身裸体，举起双手站在墙边，被一束我看不见的光照亮。他们在深夜被美国宪兵逮捕时，我才几周大。为什么会这样？因为他们不可以住在工厂院里？因为他们被认为是共产主义者和间谍，或是帮德国纳粹跑腿的卖国贼？为什么被逮捕的没有同住仓库的另一对夫妇，只有我的父母？

在监狱里，父亲本来终于可以吃上一顿饱饭，但是相反，他却进行了绝食抗议。他要求释放我的母亲，因为她的奶水是留在仓库里的婴儿唯一的食物。他饿着自己，好让我能吃上东西。他成功了。几天后，母亲被释放了。之后没多久，他也重获自由。对我父母的各种怀疑都没有得到证实，这次逮捕甚至成了一场意外的幸事。美国人不仅没有把我们送去负责接收我们的纽伦堡瓦尔卡营地——巴伐利亚州最大的流离失所者营地，他们还迷上了我父亲的歌声，聘请他做歌手。从那时起，他与其他一些可能是住在瓦尔卡营地的俄罗斯人一起，演唱俄罗斯民歌供美国大兵消遣。当大多数德国人忍饥挨饿时，我们靠着父亲的歌喉突然过上了丰衣足食的日子。支付给他的酬劳都是实物，有白面包、罐装奶酪、奶粉、鸡蛋粉、有盐黄油、好彩香烟和好时巧克力。报酬之丰厚，他甚至可以拿去黑市上交易——巧克力和香烟能卖好多钱。我们可以买肉和红甜菜，父亲用它们在煤油炉子上煮罗宋汤，还可以买土豆，他会削皮然后煎制，因为母亲做不好这些。她总是头疼，总是在哭。有一次父亲从黑市给她带回了一只手表，从那以后我们就可以知道时间了。还有一次他带了一辆又重又旧的男式自行车回家，此后他便能骑车去上班。自从他不得不以一袋面粉的价格卖掉父母的小房子以来，也许他从未像现在这么富有过。

尽管收获了意外之财，但仓库对我们来说并不是一个舒适的住处。瓦尔卡营地如同一把达摩克利斯之剑，永远悬在我们头顶。我们没有电，生活命脉完全掌握在铁路巡道工的手中，而他毫不掩饰对我们的厌恶。每天他都有可能拒绝让我们在他的小屋取水。到了夜里，陌生人蹑手蹑脚地在我们的住处周围走来走去。我们被脚步声吵醒，听见各种动静，还有人用手电筒照向我们的窗户。很明显，他们不想我们待在这里，他们希望我们消失。我们不仅是流氓，而且是敌人，是胜利者，是共产党人和布尔什维克，是反基督徒，是杀害数百万德国父子又强暴德国妇女的野蛮人。德国成为一片废墟，人民忍饥挨饿，街上到处是挂着拐杖、蹒跚而行的跛子，这一切都是我们的错。

我不知道，自己对父亲的第一次有意识记忆始于何时，眼前只有一幅他躺在仓库行军床上的画面，他和衣而睡，脚上的袜子还有破洞，因为母亲不会缝补。就在刚刚，他还在陪我玩耍嬉闹，至少当时还是孩子的我是这么认为的。我继续和他玩闹，悄悄靠近他，用手指轻轻在袜子破洞处挠他的痒痒。他吓了一跳，不解地盯了我一会儿之后，给我重重一击，我飞到了床对面的木板隔墙上。从那一刻起，我有了父亲。

我五岁那年，我们终于还是被带去了瓦尔卡营地。我们的同屋很久以前就已离开，他们移民到了巴西。那位慷慨的德国工厂主再也无法为我们做什么了，他已经为我们撑了足够久的保护伞，如今不能再与当局作对了。我还记得，哒哒作响的"歌利亚"载着我们和家当驶向新住处——无数的营房，其中居住着四千名流离失所者，四千名前强制劳工。

我们所在的营房状况比之前的仓库还要差。窗户变形，很难关严，炉子冒烟，呛得人不住咳嗽。屋顶漏雨，下雨时，我们必须迅速摆出容器接水。透过薄薄的墙板可以听到隔壁说的每一句话，每一个生物的动静，老鼠整夜啮咬着陈旧木材，清晨我们会被臭虫蜇伤。但是至少这里还通电，即便每隔一天才有。我们不再依靠铁路巡道工，而是在外面的走廊排队，那里有一个供所有人使用的水龙头和厕所。

大多数曾经的强制劳工都生了病，同时精神受到创伤，身心俱损。四千名被逐出家园，被折磨得体无完肤，流离失所的人被视为霍屯督人，反社会、狡猾又暴力的犯罪分子。纳粹的宣传有时把斯拉夫人描绘成长着尾巴和犄角的样子，这些形象在战后仍未消失殆尽。德国人一边害怕会被曾经的奴隶劳工报复，一边憎恨他们，因为美国人优待这些强制劳工，给他们提供食物，而德国人则必须自谋生计。尽管我们个人的食物来源已经枯竭——美国人不愿再听俄罗斯民歌了——但我们仍然能填饱肚子，即便营地菜单上通常只有一种黏稠的玉米糊。

父亲偷偷做着地下交易，就像营地中的其他人一样，谋一份工作和一份微薄收入。他酗酒越来越严重，易怒，好斗，大吼大叫，威胁旁人，踢墙踹椅子。他对我母亲最初的那份爱意——如果曾经存在过的话，似乎也所剩无几。他眼中的她和曾经苏维埃政权眼中的她一样：落后无用的被废贵族制赘瘤。他说她娇生惯养，像寄生虫一样，不断诟病她那双"白嫩的小手"，断言她基因败坏，而且患有遗传性精神疾病。母亲又怀孕了，她的肚子已经隆起，人变得越来越安静，越来越魂不守舍。也许那时她生命的倒计时就已经开始。

1952 年，流离失所者被美国人移交给新成立的德国难民机构，他们自此获得了新的身份——"无家可归的外国人"。许多营地一直存续到了六十年代，越来越多新的居住场所为曾经的强制劳工建立。繁荣的德国经济又一次需要他们。

我们搬家时恰逢妹妹出生。母亲出院后没有再回瓦尔卡营地，而是直接跟新生儿一起被带到我们的新住处。那里位于一座弗兰肯小城的边缘，距离纽伦堡不远。有一条叫作雷格尼茨的河流，河两岸是草地和田野。河边不远处建起了四栋围成方形的二层小楼，院子里的草坪上种了三棵桦树苗：这里就是难民楼——大约两百名曾经的东欧强制劳工搬迁至此，对大多数人来说，这里便是他们的终点站。

十二

复活节假期结束了,我又开始去上学。家中一切都一如往常,仿佛什么事都没有发生。我不知道,父亲是否曾打算让我渴死在房间里,或者说,他只是因为注意到妹妹给我送去了面包和水,才花时间打开了门。无论如何,他默不作声地用一块油毡封住了窗户上的洞,生锈的钉子仍然钉在窗框的十字横梁上。

没有人再提起修道院的事。我在成绩单上伪造了他的签名,对于学校的通知我一直这么干。他自己的姓名是父亲唯一能用拉丁字母写出的单词,它们就印在他的无家可归者护照上,模仿他生硬的字迹是我的童年乐趣之一。他姓氏的最后一个字母延伸出了一个龙飞凤舞的花体字曲线,这种写法出自他的俄文签名,看起来像是粘贴上去的。这一笔也许是为了掩饰父亲德语字迹的笨拙,结果却让它更加明显。学校里从没有人发觉我的骗局,也从没有人见过我的父亲。也许在老师们的认知中,他根本就不存在，反正他们早已放弃了我。

我不明白自己究竟为什么还要去上学，我没有丝毫希望能通过中学考试。我认真听历史老师讲课，他是一个戴着黑色牛角方框眼镜的黑发男子，名字也应景地叫作施瓦茨①，但我的脑袋仍像糨糊一样——我就是不明白，三十年战争是什么，而我又与它有什么关系。长久以来，学校对我而言只是一种约束，像一台弯曲切断机，是困住我的整个虚假人生的一部分。那些仅仅为了分数和成绩单而强行灌输的知识，从未在我脑中留下深刻印象。我上学的时间越长，对世界的了解就越少，世界对我来说也越陌生。

假期过后，同学们对我的嘲笑又多了新的角度。他们中有些人也去了椴树餐厅跳舞，看来在那儿见过我。也许人们一直能看出我的贫穷和对爱的渴望，但是如今，好像我身上有了一个洞，其他人可以透过它直视我内心的最深处。我以前不知道，有这么多同学都认识阿希姆·乌兰特，他是少女们的崇拜对象，至少班上好几个女孩看起来都对他感兴趣。偏偏连我也有胆子对他抱有期待，这件事显然已不是秘密，也让我显得比以往任何时候都更加可笑。

没有人知道他吻了我，我说了应该也不会有人相信。连我自己也常常陷入自我怀疑。如果他真的吻过我，怎么可能会在第二天叫我俄国妓女？这两件事怎么可能都是真的？我一会儿

---

① Schwarz，德语中该单词有"黑色"的意思。——译者注

觉得这个吻只是我在有生以来第一个跳舞之夜的幸福陶醉中幻想出来的,一会儿又觉得俄国妓女是我自己内心的声音,我害怕他迟早也会这么叫我。我还想到,也许在月光酒吧门前目睹他的失败,对我来说是一种不幸,也许他之所以把我推开,是因为他自己刚刚被别人推开了。我以为自己完全明白他那一刻的感受:那个女人对他的排斥与他对我的一样,在我看来,我们一样被排斥了,也一样很可笑,因为两人都对生活中永远不可能发生的事情有所期待。尽管如此,我还是再次怀抱希望,希望对我来说就像绝望的一部分,是它的副产品,向来如此。

开学以后,父亲对我的管教越来越严苛。放学后我迟回家哪怕十分钟,他都会把我关在门外,直到第二天我准时回家才让我进去。如果他上夜班,就会把我锁在我的房间。我只能被关在屋里或者被锁在门外。我越来越少去按门铃,当下几乎已经是夏季,我在外面闲逛,晚上睡在阁楼里,阁楼被锁时就睡在我在河漫滩边发现的一个半塌的木屋里。

后来,我彻底不回家了,也不再去学校。起初,我还担心人们会找我,甚至可能会报警,但什么也没发生。似乎没人在意我的失踪,无论是父亲还是老师们。迄今为止,我能被允许穿过德国城市去上学,只因为上学不可避免,一直以来,我被禁止踏足德国街头,起初是因为我年幼,后来又因为我已经不再年幼。但是突然之间,我拥有了巨大的自由。我可以随心所欲,做或不做任何事,没有人关心我,似乎根本没有人注意到我已经背离常规。就好像我消失后立刻被遗忘了,又或者,此前从未有人意识到我曾经存在过。

那是1961年，最黑暗的沉默年代，尤其是在偏僻地区。一个仿佛身处死角，跳出钟表表盘，脱离了日历的年代。所有人都在奔跑，攫取，改造、装饰他们的公寓和房屋，用尼龙和特雷维拉面料修饰他们的外形，但时间从未像现在这样如此深沉而无意识地沉睡着。人们赞美忽闪着睫毛的经济奇迹姑娘[①]的极度拘谨和不谙世事，因为性行为是仅次于俄国人的第二大敌人。笼罩一切的沉默仍然毫无缝隙或缺口——一个处于昏迷之中的国家，经历那场恐怖之后无法醒来。

我对这场恐怖一无所知。无论是在修道院还是在学校，我们都没有听过此事的相关信息，教材只讲到三十年战争，更近的当代无人敢讲。时间睡着了，我也随之睡去，我对自己、对我的出身和人际关系依然一无所知，依旧生活在无知的天堂，我从未在镜中审视过自己，也从未站在自己身旁，在所有迷途中我仍是孤身一人。我从一场不幸走入了另一场不幸，但我也未曾预料到，所有人里，偏偏是我生活在确信中，确信世界是美好的，确信我一定会成功走进它，走进它的中心，对我而言，那里就是这个德国偏僻村镇的主街。我迟早会再遇见他，遇见

[①] 作者此处化用了"经济奇迹"和"姑娘奇迹"两个概念。"二战"后，西德在多个领域实现蓬勃发展，由此产生一系列以"奇迹"为后缀的表达方式。例如，西德经济快速成长的现象被称为经济奇迹（Wirtschaftswunder），大众甲壳虫引发的汽车热潮被称为汽车奇迹（Autowunder），与此类似，战后大量年轻、有魅力的德国女性在美占区催生了姑娘奇迹（Fräuleinwunder）的表达。——译者注

阿希姆·乌兰特。

有时我也会回到难民楼里过夜。如果家里大门是开着的——第一道障碍解除，第二扇门也没有上锁时，我就睡在阁楼上。在那里比在河边木屋中更少受天气影响，在木屋时夜里我总有些害怕，因为母亲的样子一直出现在我眼前，我看见她如何在黑暗中走进水里，听见木屋墙板传来的喃喃细语和咯咯轻笑。白天，我偷些周围田地里生长的作物，比如饲用玉米、胡萝卜和苤蓝。夜里，黑漆漆的果园中树枝越过了篱笆，我从上面摘下苹果、梨子和黄香李。

父亲上班时，妹妹不敢给我开门，她害怕责罚。我无法想象她现在独自在他身边过着怎样的生活；无法想象，当我在比利时的农场度过童年最快乐的时光时，四岁的她在母亲生命的最后几个月里经历了什么；也无法想象，她在修道院里度过了怎样的时光，当时我们每次偶然相遇，她都会哭着紧贴在我身边。所有这些，她都不曾对我讲过，她也继承了那种沉默，连在婴儿时期都几乎没有哭喊过。

后来，我有了一个惊人的发现。我不抱什么期待地试着用阁楼钥匙去开公寓的门，自然没成功。然后，我用洗衣房的钥匙试了一下，奇迹般的，钥匙毫无阻力地在锁中转动，门打开了。

从那以后，父亲不在家时，我总能进到公寓里。我快速扫一眼，确定他的自行车不在通往地下室的楼梯下面，然后我打开家门，把食品柜洗劫一空。父亲的白面包、油浸沙丁鱼和熏肉都被我吞进肚里。以前我总觉得生鸡蛋很恶心，但如今却吃不起了。如果有鸡蛋，我便学着父亲的样子在蛋壳上戳一个洞，然后吸食掉里面黏滑的汁液。妹妹惊恐地看着偷吃的我，尽管她在父亲面前显然没什么好怕的。他似乎从未与她谈起过我的闯入，他默许了这件事。我不知道，如今他是不是对我感到怜悯，也许甚至还有些歉意，又或者，我对他来说已经是个死人，连偷窃也无法让他对我的存在做出回应。

渐渐地，我几乎把自己所有家当都拿到了木屋里。我随身携带毯子和枕头，父亲上班的时候，我有时甚至敢在我的旧床上睡几个小时。木屋中的夜晚嘈杂不安。这个刚够我身长的木头棚屋看起来已经废弃多时，不过它的所有者可能在某个地方，随时可能出现，然后将我赶走，也许还会把我交给父亲。有时我觉得自己听见外面传来脚步声，吧嗒吧嗒，嚓啦嚓啦——是一只嗅到我的气味想攻击我的动物吗？水面的凉风透过缝隙吹到我的身上，伴着晨雾的潮气，尽管盖了毯子还是很冷。或者，晚上炎热到我在令人窒息的棚屋里待不下去，要去外面的草地上睡觉。有一次我没注意到下雨，醒来后躺在了一个水坑里。

傍晚时分，我会去主街，尽管我总担心会在那儿碰见格奥尔格。如今，我终于摆脱了父亲的独裁，而他成了我新的暴君。他总是在寻找我，跟踪我，窥伺我，他在街上挡住我的去路，威胁说如果我再拒绝他，他就自杀。我逃避他，同时又等待他——他是我唯一的线索，是我与阿希姆·乌兰特之间唯一的联系，自从月光酒吧那晚之后，我再也没见过这个人。每当我向格奥尔格打听他时，他只耸耸肩，幸灾乐祸地瞧着我。

161

偶尔我也会在主街上遇见以前的女同学,她们似乎并不想念我。有一次索尼娅走到我身边,问我目前在做什么。我撒谎说自己要去音乐学院。她不解地看着我,那样子好像要么她不相信我的话,要么她以为音乐学院是罐头工厂的意思。她兴奋地告诉我,暑假时她会和男朋友一起去沃尔特湖,并且打算一年之后就毕业结婚。我知道,这是以前班上所有女孩都想做的事。对德国女孩来说,她们此前生活的全部似乎都在为这件事做准备,真正的人生从结婚之时才开始。许多人多年前就会在圣诞节和生日收到礼物,包括床上用品、餐桌用布、陶瓷食器、银质餐具,用来充实一种叫作嫁妆的东西。现在她们已经在挑选婚纱,并打算将来与丈夫一起盖一栋房子。所有这一切都远远超出我的梦想,因为我与德国同龄人之间的根本区别在于,她们的婚礼将在这个她们已经身处其中的世界里举行,而我则首先要进入这个世界。而且我很急迫,因为我无处栖身。

大多数时候,我深知自己在主街的婚姻市场上有多么不合时宜又机会渺茫,一个瘦骨嶙峋、不修边幅、不停咳嗽的十六岁女孩,额头上打着难民楼的烙印。尽管现在城里还有其他外国人,他们来自意大利,被称作外籍劳工。这些人都是男性,穷困、瘦削、深色皮肤,目光黯然而狂野地走在街上,比难民楼里的人还要引人注目。有一次,其中一人在路上拦住我,当着我的面撕开自己的衬衫,向我展露他长着黑色胸毛的赤裸胸膛,嘴里还喊着些外国话。我只听懂了"你的父亲",我吓得半死,迅速跑开了,当时并没有预料到,这些话里隐含的可能不是威胁,而是我渴望不已的求婚。那个男人有着一头漂亮的黑色卷发和一口闪亮的洁白牙齿,他也许是在告诉我,他想请求我父亲将我嫁给他。如果我理解了他说的话,我本可以成为一个意大利人的妻子,他也许是个渔夫,在西西里岛的某个地方有热闹的一大家子,与我父亲天各一方。

此外还有一个我不理解的人,难民楼里的邻居。有一天晚上他香烟的红色火光吓到了院子里的我。人人都知道这个塔吉克人的悲剧。他的妻子在强制劳工营里生下了一个儿子,机缘巧合之下,一对瑞士夫妇收留了这个孩子,后来还收养了他。这可能救了这个孩子一命,但塔吉克人却无法释怀失去长子的痛苦。他常常坐在院子里,手中盘着一串穆斯林赞珠,哭着给经过的人展示他儿子的照片。后来,他再要一个儿子的愿望只换来一大群女儿,每一个都是东方小公主,一个比一个漂亮,但生儿子的渴望却始终未能如愿——仿佛这是他身上的诅咒,仿佛这么多女儿是安拉对他放弃长子所做的惩罚。

黑暗中,他烟头的火光不知从何处在我面前亮了起来。"你的父亲不好,"我听见他说,"你来和我一起住……"偏偏是他,一个命中注定只有女儿的父亲,要为另一个女孩提供容身之处。但他在我看来并不是我的朋友,而是与我父亲串通一气的敌人,只想引我入瓮。我惊恐地从他身边跑开了。

当我走在主街上,想象力会让我不再注意到自己是谁,以及自己的真实模样。我想象自己是朵尔特,以前班上一个医生的女儿,或者斯黛菲,她把头发倒梳得最蓬松,希望有一天成为

163

时装模特。我长时间专注地把自己想象成某个特定的德国女孩，直到我感觉与她融为一体，直到我像她一样走路和微笑，直到我和她穿着相同的衣服，梳着相同的发型。潜意识里变成其他人，是我熟悉已久的一种练习，如今轻而易举就能成功。我只需让自己在国会大厦电影院陈列柜中展示的照片里沉浸片刻，然后我便成了明星娜佳·蒂勒、莉莉·帕尔默或者索菲亚·罗兰。

我羡慕地看着那些已经与男孩牵手漫步在主街上的女孩们。这表明他们"在约会"，有些甚至已经订了婚。女孩们步伐轻缓，牵着男朋友的手端庄地走在人行道上，她们的衬裙比其他人晃动的幅度更轻微，带着皇室般的矜持踩着高跟鞋碎步前行。在傍晚的主街上展示自己，这件事对她们早已没有意义，她们根本不再属于这里，只留给其他人一副目标达成的庄严模样。就是这样，她们的姿态在诉说，当一个人不再需要世界的青睐，因为已经拥有了它时，看起来就是这样。

这些女孩的秘密在于，她们身上融合了互不相容的特质，既特别性感，又极其体面。修道院丝毫没给我们讲过这些。性感属于堕落的坏女孩，世上没有男人会娶那种女孩。如今我看到，现实完全是另一回事。正是这些女孩挽着未婚夫走在街上，她们极为精准地把性感和体面这两个对立面合为一体。我看出这是一个剂量问题，靠着这份秘方可以制出让人结婚的完美混合物，在这种混合物里，多一滴这个或少一滴那个就会让一切都变质。这些被选中的女孩深知自己拥有的财富，主街的人行道只是她们带着这份关于秘密剂量的知识展示胜利的T台。

我自己从来不知道，我身上更缺少哪一种——是体面还是性感。一方面，我长久以来一直背负着堕落少女的名声，这一定与我的性魅力有关；另一方面，似乎恰恰是缺乏性魅力，以及我身上所有修道院式的索然无味和守旧落后，叠加上俄罗斯人的落后无趣，使人们对跟我结婚毫无兴趣。集市广场上的男孩们把街头栏杆当船舷一样倚靠，对着路过的女孩吹口哨，每次经过他们时，我都不知道怎样做才合适：是在行走时保持臀部不动，垂下眼睛，以免显得太过性感；还是要适当地摆动臀部，冒险从眼角瞥一眼，好让自己看起来不会过于正经。

德国手工匠对我有种特别的吸引力。在我看来他就是德式生活的化身，是受人尊敬的化身，这种尊敬对难民楼居民而言遥不可及。在我的想象中，德国手工匠是最能代表德国的，因此他的身边也是世界上最安全的地方。在他身边，我想，除了阿希姆·乌兰特所爱之人以外，我将成为我最羡慕的那些女人之一。

有时德国手工匠甚至会考验我是否值得结婚。他在主街上陪我走一段路，或者骑轻便摩托车载着我，然后，到了城市公园或是森林边缘的某个地方，我必须让他吻我。我不知从何处得知，如果想结婚，就必须允许男人亲吻，但是绝不能让他更进一步，否则会立刻被视为不正经。然而我不清楚的是，我是否必须觉得这个吻很美好，或者说，我是不是可能在考验的第一阶段就失败，因为不仅德国手工匠这个人，他的气味，他湿润的舌头在我口中，贪婪的双手在我身上四处游走，这一切都让我感到恶心。因此，接吻时我只是在等待那一刻，那个我终于不仅可以反抗，而且必须反抗的时刻，以便通过考验。

一旦德国手工匠试图把手滑进我的毛衣甚至裙子下面，我就可以而且必须拒绝，尽管我对他接下来的意图只有很模糊的概念——我只隐约感到，这与父亲那次打算上床躺在我身边时的意图一样。有时，德国手工匠会变得纠缠不休，让我几乎抵挡不住，以至于我开始怀疑，这一切究竟还是不是一场考验，还是从一开始就是我的误解。我究竟有没有资格接受考验，有没有需要证明的东西，还是关于我的一切从一开始就已有定论？无论如何，每次考验都以手工匠对我非常不满而告终，后来，当我在主街再次遇到他时，他要么与我擦肩而过，要么要求我再次接受考验，然而依旧是徒劳无果。尽管如此，我还是一次又一次跟着同去，只是希望他们中的某个人至少能在夜里为我提供栖身之所，但那也从未发生。

有一天，我终于再次见到了阿希姆·乌兰特。在主街上他朝我走来，甚至同我打了招呼。"嗨，"他说，"你好吗？"他似乎完全不记得曾叫过我俄国妓女的事，因为他跟我一起走了一段路，更确切地说，是我跟在他身旁走了几分钟，就好像这和其他两两成对走在路上的人一样自然。他走路时耸着肩膀，双手插在皮夹克的口袋里，好像很冷的样子，他身上有些东西，也许是那双忧郁的眼睛，让我想起了我的母亲。当我走在他身旁，面前拂过一丝苦杏仁一样的气味，这气味曾经在路缘石边离我那么近。他又成了我在椴树餐厅中认识的那个人，难以接近的君王，他看上去不想要任何人，也不需要任何人，反正一切都属于他。以前我在街上闲逛时，总会想，他此刻在哪里，在做着什么——现在，这一刻，我知道：他正和我并肩走在主街上。我真的很想问他从哪里来，要去向何处，但是我不敢。也许他正在去月光酒吧里那个女人的路上，他曾经如此绝望地在路边向她伸出手。她是谁？什么样的人才能被他所爱？我不断问自己这个问题，对我来说，这是谜中之谜。

他斜眼瞥了我几次，而无论我怎样努力，都无法掩饰眼中的希望。他可能也知道，我如今是一个满城闻名的流浪女，所有人都知道这件事，至少他那个一直窥伺着我的朋友格奥尔格知道。不知何时他加快了脚步，显然是想告诉我，他已经忍受我足够久，现在要一个人继续走了。我停下来目送他，看着他不断离我远去，越来越远，直到走到最前面的那家鞋店，消失在街角。

此后没多久我便再次遇见了他，这次是与格奥尔格一起。他冲着我微笑，看起来比上一次亲切得多，而且，短暂闲聊过后，奇迹发生了：他和我约好当晚在城市公园见面，在公园山洞里的长椅上，那里以恋人们接吻的隐蔽之地而著称。

我提早一个小时坐在长椅上等着。光是能等待他，已经是意料之外的幸福，一切都如此令人迷乱又不真实，以至于当约定时间出现的不是他，而是格奥尔格时，我一点也不惊讶。起初我还问自己，是不是阿希姆·乌兰特派他做信使来转告我一些事情，或者，是不是格奥尔格只是先他而来，因为他知道会在这个长椅上遇到我。然而，就在下一刻，我便有了答案。格奥尔格还没在我身边坐下，就发了疯似的把我推下长椅，扑在我身上。我又咬又抓，拉扯他的头发，同时意识到发生了什么：阿希姆·乌兰特从没想过要见我，他只是帮了朋友一个忙，把我扔给格奥尔格任其宰割。也许他想归还他在椴树餐厅舞会之夜后从格奥尔格身上夺走的东西，以此来做出些补偿；也许他为格奥尔格感到难过，因为他本人对单相思的不幸再清楚不过。他再一次让我明白，我对他来说只是一个俄国妓女。

不知过了多久，我终于拳打脚踢地挣脱了出来，格奥尔格跌倒在长椅旁，我用脚踹他，用树枝打他。我怒火中烧。格奥尔格没有反抗，蜷缩成一团，任由我发泄。我踢了他一下又一下，最后逃回河边的木屋里。

那时夏日已接近尾声。白天越来越短，夜里有时已经能感觉到寒冷。我在森林里寻找蘑菇生吃掉，采摘野生黑莓，还从花园里偷李子。我很少去主街了——在那里找到一个人或者被人找到的希望已经离我而去。取而代之的是，我经常坐在公园儿童游乐场的长椅上，拿着从父亲公寓取来的以前的练习本，在空白页上写写画画。我编造悲惨的爱情故事，所有故事都以女主角的死亡而告终。或者她的爱人死了，于是她想隐居在修道院或者世上某个偏远的地方，比如非洲丛林，但是途中她遇见了一个男人，他让她放弃了这个计划，并成了她真正的爱人。我花了很长时间润色语句，因为我发觉自己常常词不达意。但是，这是我第一次为自己找到一个除了唱歌以外的去处，一座我可以逃入其中的避难所。有时我沉浸在一个故事里，直到天色暗下来什么都看不见，所有孩子都早已回家时，我才停笔。

大多数时候，我进城只是为了去阿希姆·乌兰特住的那条磨坊巷闲逛。早在童年时代，这条街对我来说就是一个谜，一个德国童话。如今人们把这样的地方称作小威尼斯，当时这里是城市的贫民区，德国版的难民楼，一条狭窄黑暗的小巷，一条散发污水气味的雷格尼茨河小支流横穿而过。巷子里充斥着拦河堰传来的咆哮，同时混杂着磨坊水轮的吱呀作响。朽烂的轮子在水中日夜转动，徒劳地尽着最后努力，配套的磨坊早已废弃。一栋栋老旧的木桁架房屋背向小河，歪斜，低矮，相互交错，彼此倚靠，好像它们感觉寒冷，又或者必须相互支撑才能不倒。房屋立面延伸出又小又破的木质阳台和漂亮而无生气的回廊，似乎随时可能断裂落入水中。遍地都是无精打采的天竺葵，随处可见挂晒的衣裳，在巷子地窖般的空气里，衣服似乎不是晾干，而是腐烂了。这些房子看上去就像老妇人褶皱结痂的脸庞，又像在河边睡觉的花白母鸡。

我经常来这里闲逛，通常是在黑暗的掩护下。听到远处传来摩托车的声音时，我会迅速躲到临街的另一侧，在那里可以暗中看一眼阿希姆·乌兰特，如果他来了的话。格奥尔格带我看过一次他的房子——以一路被他汗涔涔的手牵着走到那里为代价。作为回报，我还额外得到了一些有关阿希姆·乌兰特的信息。原来他自出生起就一直住在这栋房子里，他的母亲是个"美国荡妇"，据格奥尔格说，她总是在美国大兵之间周旋调情，尤其喜欢"黑人"。在阿希姆·乌兰特两三岁那年,她跟其中一个人去了佛罗里达州的某个地方,永远消失了。此后他一直与父亲一起生活,他父亲是个提前退休的酒鬼,过去常常殴打他,直到有一天,阿希姆·乌兰特还手打断了他的鼻子。其间他在一所少年感化院待了两三年——那里也是曾被父亲当作终极惩罚威胁要把我送去的地方。更多关于他的事情格奥尔格不愿再对我谈及。

他所住的房子不同于巷子里的其他住处。房子位于一座横跨河流的小桥边上,紧挨着拦河堰,是咆哮声最大的地方。这栋拐角房看起来像是来自另一个时代,比其他房子更为简陋。没有木桁架结构,没有装饰,只有光秃秃脏兮兮的四面墙壁和一个石板剥落了的灰色屋顶。这里看上去像是被诅咒之人的住处,他们终其一生都要听着河水倾泻时难以忍受的巨响。对于住在这所房子里的人来说,言语其实毫无意义,因为他们根本听不见彼此的声音。

桥上是我最靠近阿希姆·乌兰特的地方。当我在黑暗中俯身探出木桥护栏,看向翻滚着的漆黑河水,冷冷的水滴溅在脸上,仿佛我在偷听他生活中的噪音,仿佛我听到了融入他生活的声音。而当我把手放在房子冰冷潮湿的墙壁上时,我能够触摸到他的某些东西,就好像墙壁会呼吸,而我随时都可能因为触摸它而受到惩罚。

透过一扇挂着蜘蛛网状灰色窗帘的窗户,我看见了他的父亲,一个秃头男人,和衣躺在起居厨房①的沙发上睡觉。对他那副肥胖臃肿的身躯来说沙发太小了,似乎下一刻就会在重压下塌陷。我听不见声音,但能看到那个男人在打鼾,他的身体随着自己发出的响声而震动。我观察着接有银色炉管的炉灶,陈旧油腻的厨房餐柜,门上方的挂钟,铺着格纹防水布的桌子。所有这些都让我羡慕,它们远比我更了解阿希姆·乌兰特。我把一切都看得很仔细,但却一次都没在房子里见过他,也从未见他进出过。显然,他与父亲一起住的时间跟我一样少。

有时,那个男人会穿着汗衫坐在窗户后面的餐桌旁沉思。在河水咆哮声中,他如同一位默片演员。他用瓶子喝啤酒,抽烟,空酒瓶到处都是,烟灰缸里烟蒂满溢。他鼻骨断裂,粗笨的肩膀上长出毛发,看起来宛如一头危险的巨兽。他的一举一动似乎都传达着威胁。我的父亲打人时总是目标明确、定位精准,而这个人的手肯定有着熊掌一般迟钝而盲目的掌力。有时,好像他会突然看向我这边,好像他那潜伏着的阴郁之眼发现了我在窗外。我便迅速低头弯腰跑开了。

有一天,我在磨坊巷认识了拉莉。她住在巷子另一侧,那边的木桁架房屋不是建在水中,而是在地面上。拉莉刚好有着

---

① 在使用壁炉和炉灶的年代,厨房还是家庭生活的中心地带,尤其对于贫困家庭来说,厨房通常是唯一有取暖设施的房间。因此当时的厨房多为厨卧居合一模式:除烹饪外,就餐、起居、洗浴乃至就寝皆在此处。随着1926年作为现代一体化厨房原型的法兰克福厨房的出现,以及"二战"带来的住房短缺问题得到克服,且集中供暖逐渐普及后,起居厨房逐渐淡出历史舞台。——译者注

我梦寐以求的那份幸运：她与一位德国养母生活在一起。她棕色皮肤，一头黑色卷发，举手投足像猫一般，和我对弃婴的想象并无二致：一个从车上摔下来的吉卜赛小女孩。她的亲生父母已经去世，就像她说的，"被德国人用毒气毒死了"。我的一段记忆随之唤起，我想起有时母亲会提起淋浴室，里面喷出的不是水，而是用来杀害犹太人的毒气，后来玛丽·约瑟夫修女向我们解释说，这是对犹太人把耶稣钉在十字架上的惩罚。

拉莉在一家蔬菜商店当学徒，她总是肾痛，因为必须经常在商店后面寒冷的杂物间里工作，还要打扫冷却室。有时她会带我去她家，一套两个小房间的公寓，房间屋顶下开有小窗子。她的养母是位安静的老妇人，脑后扎着灰色发髻，她会给我端来汤面或者一盘油煎土豆配皱叶甘蓝，一餐我很久没吃到过的真正的热乎饭菜。直到我狼吞虎咽地吃完，才意识到自己有多饿。拉莉的养母说我就像有一天随着洗澡水消失在排水口的利奥波汀[①]一样瘦弱，或者，她说我看上去像受难的耶稣，接着再次把我的餐盘添满。后来我开始胃疼，因为我已经不习惯吃下这么多食物了。

我和拉莉被允许一起玩皇帝游戏，听广播，有时我们会跟着音乐跳舞。放慢歌时，我们相拥摇摆，就像情侣那样。拉莉

[①] 出自奥地利作曲家卡尔·米夏埃尔·齐雷尔（Carl Michael Ziehrer）1901年创作的轻歌剧《三个愿望》中的歌曲《利奥波汀如此瘦弱》，歌词讲述了身形异常瘦小的利奥波汀某天洗澡时随着洗澡水从浴缸下水口流走的故事，至今仍广为传唱。——译者注

也爱上了一个对她毫无兴趣的男孩。好像我们都是众多曲目和流行歌中传唱的不幸恋人，同属一个秘密国际团体。

我越来越频繁地爬上通向拉莉家的昏暗又吱呀作响的木楼梯，这件事对我来说几乎变成理所当然。她是我的第一个德国朋友，至少是我第一个与德国养母一起生活的朋友。有一次，我甚至被允许留下来过夜，跟拉莉一起在床上睡觉，我变得忘乎所以，询问她的养母能否也收养我。她突然恼怒起来，说她没有钱连我一起养活，还说我应该离开，不要再来了。她甚至威胁要向警察举报我，让他们把我带回父亲身边。

外面越来越冷了，潮湿的晨雾弥漫进木屋，雨水从屋顶漏下来。河水已经冰冷起来，我越来越少去河里洗澡了，衣服和头发又脏又潮湿。田地和花园里没有太多可偷的东西了。父亲在家时的那些周末，我没法接近他的食品柜，能填进肚子的通常只有几片沾满沙子的生白菜叶，硬如石头且发苦的楂梓果肉，或者两三个生土豆，被我连着带土的皮一起吃下。有时我咳嗽厉害得几乎要呕吐，双手和嘴唇都裂了口，浑身酸痛。只有冻僵的双脚对天气转凉这件事感到高兴。它们不再发痒和灼痛，自从煤窑那夜以来，它们便适应了寒冷的环境。

十月的一天，我决定乘车去纽伦堡，去大城市。我意识到自己必须去一个没人了解我、也没人知道我是谁的地方。只是因为阿希姆·乌兰特，我才苦苦撑着，希望城市公园里发生的意外事件是个误会。自从那次臆想中的约会之后，我再也没见过他，无论是他还是格奥尔格，也许他们也去别处碰运气了。

冬天的脚步越来越近，我知道自己不能再这样继续下去了。曾经被我当作世界中心的那条主街，在我眼中已经光芒尽失，变成了一个荒凉且充满敌意的地方，那里等待我的只有死亡。此外，我还因为城市流浪女的身份引人注意，每天都准备着可能会被警察抓住：如果看到巡逻警车驶来，我便迅速躲进最近的房屋里。

我在父亲的公寓里洗了澡，穿上当时尚有的最好的衣服。我几乎吃光了一整个面包，还有一些父亲做的油腻的碎肉冻。我在公寓里四处翻找，但自从我开始偷窃后，父亲就把钱换到了一个我找不到的隐蔽处。不过我很幸运，即使没有车票也成功抵达了四十公里之外的纽伦堡。我多次更换车厢，把自己锁在火车上的洗手间里，这才成功逃票。

然后我便第一次回到了这座城市，在这里我们曾经住过瓦尔卡营地，我最后一次与父母和妹妹一起去了棚屋里的俄罗斯临时教堂。就在火车站，发生了一个奇迹，一个只有《一千零一夜》中才有的童话。一个深色皮肤、身穿雪白色衬衫和考究的细格纹西装的男人，同我打了招呼，邀请我去车站餐厅。他点了一小瓶香槟，仅仅半小时后便向我求了婚。他说自己正在德国读医学，但是之后我们会在德黑兰生活，住在他父亲的宫殿里，他父亲是全波斯最富有的地毯商人。现在我可以暂时住在他家，他说，就在街角的大公寓里。他黑色的眼睛目光深邃，身上散发出一种甜甜的香水味，让我想起教堂里的香火气。

我们走进火车站后面一栋破旧建筑四层的小房间，他把房门从里面反锁了，把钥匙放进裤兜，然后把我推倒在紧挨着门的床上。"你尽可以尖叫，"他说，"没人会听见你的，今天所有人都不在。"尽管如此，他还是用喷过香水的手捂住了我的嘴巴。之后我的鼻子也无法呼吸，全程挣扎在窒息边缘，几乎没有察觉到其他发生的一切。

不知过了多久，我在黑暗中蜷缩在了洗手池下面，而那个男人躺在房间另一边的床上打鼾，那时我想，这就是男人和女人在床上会做的事情吧。这一定就是我父亲、德国手工匠们、格奥尔格，他们所有人企图要做的事。这一定就是我们在修道院中日日为之祷告的那桩深重罪孽。

我不敢呼吸，害怕吵醒他。好像此刻我才感觉到他在我身体里的动作，我的下腹突突直跳，灼痛感袭来。顺着疼痛的地方，我摸到了一股滑腻的液体沿着大腿往下流。当时我第一个想法是，我受伤了。然后我才明白过来，这就是人们所说的男人的精液。在我看来，这精液就像那发甜香水味的真正来源，气味沾满了我全身，我的手上，头发上，房间中的每个物体上都有。我应该跳起来打开窗户大声呼救吗？这么晚了，会有人在火车站后面这片冷清地带听见我从高处呼喊的声音吗？在帮助到来之前，那个人又会对我做什么？

一丝微光透过厚厚的窗帘照进房间，借着光线我能看见他的白衬衫和褪到一半的裤子，他就这样面朝墙睡着。我回忆起他锁住房门后把钥匙放进裤袋那套快如闪电的动作，思忖着钥匙后来有没有可能从他口袋中掉落出来。我仔细听着这间陌生公寓里的动静——除了一种遥远而模糊的嗡嗡声，听起来就像我家地下室中电表发出的声音，别无其他。我不知道住在这里的还有谁，但眼下看来的确没有别人，只有我和那个男人。房间里混着香水味的空气湿热异常，汗水顺着我的后背流下来，黏腻的衣服贴在皮肤上，同时我又感觉很冷，身体止不住地颤抖，就好像自己仍然被一只喷过香水的手捂着嘴巴，仍然无法呼吸。我的眼睛适应了黑暗，辨别出这是一个逼仄的房间，里面有一个笨重的衣柜、两把沙发椅和一张茶几，墙上的置物架上摆着餐盘。这个波斯人住的是一间带家具的出租屋吗？整套公寓都是这样的房间吗？难道不会有人在某个时候回来吗？

突然间，我注意到自己身上少了什么东西：我的脚上只剩长筒袜了。我的鞋子去哪儿了？是那个人脱掉了我的鞋吗，好让我插翅难逃？我小心翼翼地从洗手池下面探出头，开始一点一点跪在地上爬行。我的手触摸到了什么，应该是铺满房间的地毯，一股霉味扑鼻而来，显然地毯又旧又脏，但它减轻了声响。当我撞到一处家具边缘时，整个人都僵住了。那个人的鼾声停顿了一秒，随后又恢复了均匀的节奏。我尽可能不出声地交替把一个膝盖挪到另一个前面。

终于到达了房门处，床上那个人就在旁边。我能感觉到他身体散发出的热气，他的白衬衫在黑暗中反着光。他身材矮小而健壮，我记得他的眉毛又黑又浓密。我知道房门上了锁，还要再试一下吗？我抬起手，有那么一瞬间，我太阳穴跳动的声音盖过了他的鼾声。片刻后，我向下拧动了门把手。虽然没有发出声响，但是门没有打开，意料之中。我在床边的地面上再次一点一点摸寻房间钥匙，然而我的手只摸到了我的鞋子，先是一只，然后是第二只。

我盯着床上的那个人。他不害怕我在他睡觉时杀了他吗？他的后背与我视线齐平，和我父亲曾经坐在床上俯身压在我身上时一样，毫无防护。只不过此刻我手中没有剪刀，没有任何可以刺进他后背的东西。我是否应该试着从他裤兜里拿出钥匙？我记得很清楚，他是用右手锁的门，所以肯定把钥匙放进了右侧裤兜。他向左侧睡着，隔在我与自由之间的只剩下他裤子这块布料。我自由在望。也许他睡得很熟，什么都不会察觉到？我几次伸出手，几乎碰到那个人，但是每次又收回手来。我不敢。

我一无所获地爬回洗手池下面，蹲在下水管旁边，身体依然在颤抖，手中紧握着我的鞋子。我把鞋子按在怀里，仿佛它们是我身体失而复得的一部分。时间像一根导火线，燃烧速度越来越快——直奔那个男人醒来的那一刻。我两腿间的潮湿已经变干，现在摸起来就像一层结成硬壳的糖，散发出鱼卵般奇怪而刺鼻的气味。我坐在那里，等待清晨来临的第一丝迹象，等待有人居住的世界传来第一声动静。这个陌生人是把我父亲的意愿施加于我身上了吗？他对我做出的事情，是我因为抗拒父亲而受到的惩罚吗？父亲放我离开，是因为他知道我在自由世界中必将遭遇此刻所遭遇的事情吗？

不知过去了多久，天色依然昏暗，导火线烧到了尽头。那个男人醒了，他打开灯，盯着我看了两秒钟，就像不知道我怎么进了他房间一样。随后他从床上起身，叫我"德国婊子"，把我从洗手池下面拖出来，在地上重复了第一次在床上对我做过的事情。这次他没有用手捂住我的嘴巴，而是把我的胳膊压在地上，这么做完全多此一举，因为我反正也无意反抗——那样只会延长这一切。我通过装死来逃避，父亲的殴打让我学会了这招，同时屏住呼吸，好让自己尽可能不闻他身上的香水味。

提起裤子之后，他从口袋里掏出房间钥匙走向门口，连这次钥匙都没掉落出来。他打开门锁，带着一副恩人似的微笑，用拇指和食指捏着一枚银色的五马克硬币递给了我。

"回家的车票钱。"他说。

我把鞋子抓在手中，跑了。

十三

　　我从大城市回来后不久，街头的冬天就开始了。这段时间里，我已经熟悉了饥饿的感觉，那晚在煤窖过夜时也见识了寒冷的獠牙，然而直到现在，直到长期身处寒冷之中，我才领教到：街头的夏天就是天堂，真正的考验在冬天才开始。饿死是个缓慢的过程，不至于威胁到我，但是寒冷会速战速决。一夜之间我就可能被冻死。

　　我有几处睡觉的地方。那些在河边木屋度过的夜晚最为难熬，只有别无选择时我才会去那里睡觉。在父亲一直在家时的那些周末，尤其如此。工作日里，我会等到他去上班，要么是早上六点，要么是下午三点，然后用洗衣房的钥匙打开公寓门，钻到我以前房间的床上。那里也很冷，炉子不再烧了，但跟木屋相比仍然温度宜人。实际上，我妹妹早就应该搬进这个房间了，但是这里就像公寓中一个被分隔出去的废弃空间，除了我似乎从未有人踏足过。父亲知道我趁他不在家时睡在这里吗？他为何对此不闻不问，既没有更换门锁，也不曾在家等着伺机从我手里夺走钥匙？这把钥匙对他来说一定是个谜。他对我听之任之，是因为担心如果有一天他的女儿被发现冻死在外面，会带来麻烦的后果吗？

在周末和节假日，阁楼能拯救我脱离冰冷的木屋，前提是它没上锁。我睡在那里的一张废弃的破旧床垫上，身上盖些碎布和厚纸板。有一次，我被一声尖叫惊醒。是我们的邻居马里扬卡上来取她洗过的衣服。她手捂着嘴巴，像见了鬼一样盯着我。"我以为你已经死了。"她惊愕地说道。

还有一次，阁楼被锁了，我一筹莫展地在昏暗的房子里徘徊，差点就要按响马里扬卡家的门铃，询问我是否可以在她家过夜，但最终还是没有按下去，只因为害怕那个经常殴打她的酒鬼丈夫。随后我在洗衣房里发现了一处睡觉的地方。一定有人刚刚洗过衣服，因为圆形的搪瓷洗衣锅炉里边仍然是温热的。我爬进锅炉，蜷起身子，拉上头顶的铁盖子，在一片温暖中幸福地入睡了。

白天，我不停让自己站在商店通风井里排出的温暖气流中。最好能住在这些通风井上面，但是我从不曾长时间待在那里。这些商店里的人已经认识我了，迟早会把我赶走。我在街上东游西逛，裹着一件肮脏破旧的厚外套，晚上也从来不脱。后来，我躲进了城里第一家新开的赫卡百货商场，那里总有很多人在满满当当的货架之间闲逛，有顾客也有周边村子过来的好奇者。

在这里，我可以在温暖的环境中多待一会儿，售货员们忙碌极了，根本无暇顾及我。我经常把自己反锁在洗手间里打瞌睡。有一次我睡得太熟，从马桶上跌了下来，外面有人开始呼喊和摇门。

过去我经常被指控偷窃。每当学校里不见了什么东西，总会怪罪到我头上，真正的小偷尽可以高枕无忧。以前我从不敢把德国财产据为己有，但如今已经名副其实。赫卡里不卖食物，只有一个糖果货架。我在拥挤的人群中迅速抓起一包华夫饼或一板巧克力，藏在外套下面，尽量不引人注意地走到出口，每次都惊讶于自己没被发现。偶尔我也能在超市里偷到东西，尽管在那儿要困难得多，因为我必须带着赃物经过收银台走到外面。

有一天，我突破了最后一道心理障碍，开始乞讨。我在街上同路人攀谈，向他们讨要十芬尼。大多数人都充满敌意地瞥我一眼，然后继续赶路，但也总会有人停下来打开钱包。有时一天可以讨到五十芬尼。我用这些钱买了几块小面包，或者一块面包加一些纽伦堡香肠或啤酒火腿。

我常常觉得恶心，尽管胃里空空如也。不知是因为突然闻到了那个波斯人喷过的香水味，还是恶心感瞬间唤起了我对他身上气味的记忆。有一次，我在赫卡里胡乱拿起了一个玻璃纸袋，里面装有大块的淡黄色团子，尝起来有股甜甜的肥皂味道。虽然它们的气味同样让我想起那个波斯人，饥肠辘辘的我还是把它们吞进了肚里。之后便一直呕吐不止。仿佛像瀑布一般从我口中倾泻而出的，是那天晚上那个男人留在我两腿之间的带着

181

香水味的黏稠液体。

由于不能一直待在赫卡里，在寒冷的驱使下我有时也会走进市政厅广场上的教堂。虽然那里也很冷，但总归比外面暖和一点，而且我能坐在干燥的地方。侧边祭坛前方几乎一直点着几支蜡烛，可以让我在旁边暖手。当时是降临节期间，不时有人走进来，把一枚硬币扔到耶稣诞生戏的台上。我着迷地看着这些小小的角色如何移动，一头驴开始跟襁褓中的耶稣一起在马厩里打盹，东方三博士献上了他们的礼物，甚至还有一个迷你磨坊水轮在潺潺流淌的小溪中转动，一架手摇风琴演奏着《平安夜》。当音乐停止，我坐在雕刻精致的整排座椅上，座椅上方悬挂着硕大的十字架——受难的耶稣，在修道院的时候我必须无数次向他祈祷。突然之间，他手脚上的钉子，戴着荆棘王冠的额头留下的血滴，都令我感到难过。与他的苦难相比，我的痛苦微不足道。

我在半明半暗的教堂里坐了好久，直到教堂关门。随后又回到了街上，一边发抖一边咳嗽。此前我从未觉察过自己身体的重量，然而随着缺乏的物质越多，我的身体却变得越发沉重。双腿仿佛挂在我身上的铅块，只能费力拖行。脑中一片混沌黑暗，不知这黑暗是从外界渗入，还是本就源于我自己。饥饿如同一个活物盘踞在我体内，不停从我身上汲取养分。我在幻想中不断为自己勾勒出美妙的食物香气和菜肴，修道院偶尔供应的焦黄色土豆煎饼，拉莉养母做的汤面，黄油小面包配热可可，香喷喷的大块肉排……仿佛我的身体已经开始吞噬自己，而身体内部的空间也逐渐耗尽。

一个倾盆大雨的晚上，我正在木屋里睡觉，门突然开了。黑暗中，一个男人站在我面前。是阿希姆·乌兰特。我认出了他的轮廓。他跑得气喘吁吁，身上还在滴水，浑身发抖。他和格奥尔格一起闯入了某个地方，还重伤了一个人。警察在追捕他，我得帮他躲起来。

他在我身旁躺了半个晚上，潮湿颤抖的身体紧挨着我。刚睡着片刻，他又再次惊醒，愈发恐惧地把我抱紧。透过皮夹克，我感觉着他的心跳，抚摸着他湿漉漉的头发，脸颊贴着脸颊。我愿意立刻跟他一起逃走，无论去哪儿。但他不想把我拖入困境。"到时候我来接你，等我。"他说。他吻了我，与在路缘石边那次截然不同，强硬而霸道，几乎把我弄疼了。随后他再次冲入黑暗，冲进了雨中。我再也没听见过他的消息，再也没有见过他。

没过几天，我在火车站一带闲逛时，注意到一家工厂大门上有块牌子，上面写着："招聘接线员。请向门卫报名。"我知道自己看起来肮脏不堪，衣衫褴褛，也许还散发着难闻的气味，但我并没什么可损失的。我鼓起勇气，走进了门卫室。门卫是个干瘪矮小的男人，头戴一顶深蓝色便帽，他从头到脚打量了我一番后告诉我，我来错地方了。我坚持要应聘这个职位。他咕哝了几句，不情愿地从一台黑色大号电话机上拿起听筒，打给了不知什么地方。随后很快出现了一位头发灰白、身穿灰色套装的女士，她也打量着我，像是立刻要把我赶走，然而在我反应过来之前，我已经坐在了人事主管对面。

主管名叫伯姆博士，他目光和善，还冲着我微笑。我的名字透露了我的出身，他猜到我是从难民楼那里逃出来的，如今无家可归。我在回答问题时，他边不停摇头边做着记录，然后对我说，我的声音悦耳动听，正适合当接线员。不过，由于我还是未成年人，这次招聘必须得到我父亲的同意。在内心深处，我很清楚，我无法绕过父亲，他掌握着对我的最后决定权，而他永远也不会同意。从坐进这间办公室开始，我就一直忍着眼泪，因为突然之间，有人看见了我的存在，有生之年第一次有德国人看见了我。听见必须经过父亲同意的那一刻我再也控制不住，我开始啜泣。伯姆博士妥协了。如果注定如此，他说道，他就先雇用我，试用期三个月，之后再看情况。不久，我回到了街上，带着从工资科预支的一百五十马克薪水，还有一对老夫妇的住址，他们有一间带家具的房间出租。

刚刚发生的一切让我难以置信。一个陌生人一眨眼的工夫就接纳我进入了德国世界，因为他，这个世界变成了友善而开放的地方，他从父亲的权力笼罩中解救了我，冒着可能触犯禁令的危险。看似绝无可能的事，以我从未奢望过的方式发生了。仿佛有位天使抬了抬手，撤销了我身上的绝罚。

十七岁，我做到了。我有了栖身之所，每天在公司食堂可以凭饭票吃到一顿三道菜的热饭。我自己赚到了钱，这笔钱终于让我可以离开父亲独立出来。如今我就是人们口中"住在带家具房间的姑娘"：我住在一栋德国房子的阁楼中，房子楼梯上摆着一株印度榕，闻起来有地板蜡和4711牌香水的味道。我的房间舒适而温暖,还有烹饪设备和走廊上的淋浴间。房间地板上铺着地毯,窗户上挂着白色薄纱窗帘。晚上房东会邀请我看电视,还招待我柠檬水和椒盐饼干棒。

那时,不仅看电视,打电话也是稀罕事儿,而我可以打上一整天电话。公司里所有想拨打长途电话的人都必须先打给我预约。我按下按钮,拨出号码,通过总机线接通电话。没过多久,我便认识了一些部门负责人和办事员,还有许多外部来电者,大部分是像我这样的接线员,我们在转接之前会像同事一样聊上几句。如今我在一个工作日内接触到的德国人比之前的一年还要多。公司每个人都对我很好,突然之间,我变得人见人爱,出身难民楼这件事似乎完全不再重要。漂亮的金发女郎伊蕾妮前不久摘得了城市最美腿大赛冠军,还跟一名联邦国防军士兵订了婚,这样一个本该活在世界另一端的女孩,竟然会在午休时间和我一起散步。很多时候,我就只是在新房间里坐着,一连数小时沉浸在幸福中。为了获得这份幸福,我需要做的只不过是走进一间门卫室。

某天午休我正站在总机窗边,食堂传来一股淡淡的食物气味,折磨我已久的昏沉恶心感再次袭来。那时我才恍然大悟。我都记不起上次来月经是什么时候了,似乎在很久很久之前。我低头看着自己,我的身体不再平坦,腹部微微地、几乎看不出来,但又确确实实地隆起了。

我慢慢抬起头,望向那些去往食堂的人们的背影。他们又变回了与我有天壤之别的其他人。我错了,我根本没有逃脱命运,我十七岁,即将生下一个私生子。"她必须结婚。"人们轻蔑地谈论着那些手上还没戴婚戒就怀孕的女孩,这种情况已经足够羞耻,而我甚至连结婚的对象都没有。我是个俄国妓女,就是那种风传不穿内裤的俄罗斯女人之一。人们对我一直以来的看法全都得到了证实。没有人会相信我是被强暴的,而我也没有能诉说此事的对象。一个我这样的女孩被强暴只是自作自受,是她的堕落挑逗了男人。那个波斯人把我当成了"德国妓女",如果他知道我是俄罗斯人,也许根本不会碰我。如果我没有谎称自己叫乌苏拉,而是说了真名,也许现在我就不会怀孕。想去纽伦堡火车站找他的冲动涌上额头,我多想向他澄清这个误会,仿佛这样便能让过去重来。

我在窗边的椅子上坐下,种种思绪在脑中旋绕。在我已经迷失而不自知的时刻,成为接线员的这份幸福才姗姗来迟。我的人生尚未开始就已结束。如今我只能追随母亲一起沉入雷格尼茨河。我想起了过去那段遥远的经历,童年的我曾险些溺水而亡,水下那种莫可名状的光芒和声响我永生难忘,不过现在是冬天,情况可能有所不同。

我漫无目的地闲逛了几天,结束了当下的生活,与此同时,一种完全陌生的幸福感油然而生。我有了一个孩子。我成了母亲。在我身体里有第二个生命在生长,对它而言,我的存在有了必要性,不再是多余的、不受欢迎的。生平第一次,我不再孑然一身。这个孩子不是另一个随时可能离开、背弃我的独立生命,而是我的一部分,与我血肉交融,呼吸与共。对于它的存在，我感到无穷无尽的认同，而这份完全的认同是我自身存在所一直缺少的。突然间，我拥有了一直在寻找的归属。不是在外界的某个地方，而是在我身体内部，在我腹中的孩子身上。它是我的归属，我也是它的。这个孩子能看见我，理解我，相信我，之前没有一个人这么做过。它是第一个对我不带成见的人，也是我能够将自己未曾拥有过的一切——安全感、保护和依靠，全部给予的人。

有那么几天，我昏昏沉沉，沉醉在喜悦中。但是渐渐地我意识到，在我身体里生长的不仅是我的孩子，也是那个波斯人的。此刻，我腹中怀的人仿佛变成了他。他成了与我血肉交融、呼吸与共的人，他的身体曾强行侵入我的身体，如今又想通过我繁衍后代。在寻求温饱的过程中我并未料到，连少有的一点东西都要跟那个男人的孩子分享，那个将我囚禁，两次强暴我，最后给了我五马克的男人。此外，除了自己的身体，我根本没有能给这个孩子提供保护的地方，我只是一个暂时找到栖身之处的人，正身处被这个孩子夺走的未来人生的最开始。这个孩子不仅会延续和重复我的人生，而且比我更甚。一个无名无姓的孩子，肤色成疑的混血儿，父亲不详，母亲未成年且出身难民楼。一个会让我的人生永远打上父亲烙印的孩子。那一瞬间，我明白过来，决不能生下这个孩子。我必须竭尽全力把它从身体里拽出来，倘若失败，我就和它一起去死。

以前班上有个女孩的父亲是妇产科医生。有传言说他会干一些违禁的事情，甚至还因此在法庭受过审。他的诊所就在我的新住处附近。去那里的途中下起了雪,小孩们朝我身上扔雪球。我滑倒摔了一跤,当时感觉小腹撕扯了一下,之后在诊所的马桶上,我发现内裤上有一丝淡淡的血迹。

医生给我做了检查,说一切都很正常,出血不代表任何问题,我将在六月产下一个健康的孩子。当然,他不相信我被强暴了,也不相信我这么晚才注意到怀孕,毕竟在他眼中我是个聪明的女孩。当我请求他帮助时,他愤怒地斥责了我:"你把我当成什么人了!"而且现在为时已晚,他说。他把我赶了出来,还威胁要举报我。

在友善的德国夫妇为我提供的那间带家具的房间里,我没办法完成要做的事情,眼下我必须去难民楼。终于,我等来了父亲上早班、妹妹也去学校的一天。那天早上八点,我最后一次借助洗衣房钥匙进入公寓。我先是连续十次从厨房桌子上跳下,然后喝光了来时路上买的三瓶可口可乐,又把脚泡在热盐水中,双脚被烫得通红,疼得几乎要裂开。我的小腹毫无反应。

之后我在厨房和地下室搜罗了一些长而尖锐的东西,很快我就发现,去看妇产科医生完全是多此一举,因为他拒绝帮我做的事情,我自己就能做到。痛感很强烈,几分钟后血就从我身上滴了下来,就像在街上跌倒那次一样是淡红色。我开始痉挛,时强时弱,痉挛的间隔越来越短,越来越猛烈,好像身体从内部被炸裂开来。就这样持续了两个多小时,中间我以为这个孩子无论如何都除不掉了,它要么仍旧留在我身体里,要么会拖着我一起死掉。但是,突然之间,它解放了我,毫无抵抗地从我体内滑了出来，带出大量深色结块的鲜血。是一个长着一颗脑袋两条胳膊两条腿的婴儿，颜色深红，呈猪肝色，小得像一只青蛙。它就躺在那里，在我房间的行军床上，我别无选择，只能把它扔进马桶，当排泄物一样冲走。我还担心它会堵塞下水口。它太小了。我盯着空空如也的马桶看了一会儿，马桶排污口通入下水道，通入那个臭污的地下世界，此刻婴儿正漂浮在那里。随后我感觉到，鲜血顺着我的双腿流了下来。

我用冷水冲了澡，擦干身体，把一块碎布塞入内裤。之后，我机械地把所有东西清理干净，拿起那把以前打扫卫生时再熟悉不过的灰色手铲，将腹中流出的已经冷却的血块铲进浴室，同样用水冲走，然后多次擦洗地面。只有那张我几乎睡了一辈子的行军床，在它表面坚硬的织物上残留着无法完全擦除的血迹，作为我留给父亲的记号。我洗净双手，把洗衣房钥匙放在桌上，离开了。

十四

父亲的追思弥撒长得没有尽头。护柩者已经透过小教堂后门的门缝探头看了好几次，他们不习惯俄罗斯东正教葬礼仪式的时长，也许我们打乱了他们的整个时间安排。就连站在我身旁的沃尔夫冈也开始不耐烦起来。我们六年前开始同居，我知道，对他而言所有妨碍他写作的事情都是浪费时间。如果他预料到这场葬礼会持续这么久，也许他根本就不会来。

终于，神父合上了古教会斯拉夫语的礼仪书籍，请我们上前道别。按照俄罗斯习俗，这意味着最后一次亲吻逝者。妹妹首先走到棺木旁。她现在又成了女歌唱家，带着悲情歌剧女主角式的激情澎湃，俯身探向父亲的遗体。轮到我了。我不记得自己曾在任何时候吻过父亲。当我的嘴唇触碰到他的脸颊，我吃了一惊，就像十岁那年亲吻死去的母亲的脸颊时一样，父亲的脸也出乎意料地冰凉，触感如同冰冻过的面团。我在想，这是死者本身的温度，还是停放遗体的冷却室的温度。他在这里已经停放三天了。

墓地工作人员前来闭合棺木。看向父亲的最后一眼时，我知道，余生我会一直记得这一秒，这个出奇虚幻的瞬间，在他永永远远、不可逆转地消失在浅褐色盖子下面之前。当时我还停留在过去，以为棺材会被牢牢钉住，但是工作人员只是合上棺材的盖子，咔嗒一声扣上了几把锁扣。

外面，雨仍在下着。我们步行穿过墓地，冰凉的雨滴迎面扑来。两名墓地工作人员把棺材推到一个高高的、晃得让人心惊的车架上。那个花圈就孤零零地摆在棺材上，上面紫色的飘带随风飞舞。我们前往母亲的坟墓，那里如今也将成为父亲的坟墓——仿佛三十多年过去后，三十六岁的母亲即将和年近九旬的父亲再次相见，仿佛垂垂老矣的父亲就要躺在当年被埋葬的年轻母亲身边。小时候我无力帮她，现在我是不是至少应该保护她，不让那个唯有通过死亡才能摆脱的男人去地下找她？

母亲当年下葬时，这座建在旧墓园对面的墓地还几乎是空的，如今，一棵棵瘦小的桦树已经长成了参天大树。在它们身上，我看到了自己的年龄，看到了横亘在我和十岁的自己之间的那段时光。那个母亲葬礼上站在父亲身旁的女孩，在我记忆中只剩下一个模糊的影子。

我们来到了母亲的坟墓。坟上裂开了一个方形孔洞。这个洞挖掘得如此精确，就像用机器切入一般，它的深度让我惊讶不已。滑腻的洞壁如同彩虹蛋糕的横截面。这里就是母亲一直长眠的地方，在灰色地表下色彩丰富的土壤层次中。我想知道，她的骸骨是否已经腐烂，又或者，是否还有些许残留遗存在挖出的土堆中，上面还插着两把铁锹。

突然，我想起自己为了给父亲拍一张最后的照片，还随身带了相机。追思弥撒期间，我本来有足够的时间去做这件事，但我忘记了。除了贴在无家可归者护照和1944年颁发的印有指纹的劳工证上的相片，他几乎没有其他的。出乎我意料的是，墓地工作人员立刻提出可以再次打开棺材。棺材已经放在了地上，但他们还是弯下腰，打开锁扣，掀开了盖板。

我以为的看向父亲时那永生难忘的最后一眼，如今看来，只是倒数第二眼。令我惊讶的是，他在封闭的棺材盖下丝毫没变，看起来仍然和在小教堂时一模一样，也许埋入地下后还会保持原样好一段时间。如同过去几周在养老院时一样，他再次躺在了一处工地之上，这一次是他自己坟墓的施工现场，旁边就是深坑和插着两把铁锹的土堆。雨落在他的脸上，风卷起脏兮兮的树叶掠过他身上，拉扯着白色的盖棺布，刮掉了他额头上的葬礼头带。海克捂着她的大礼帽，跑着追向那条被风吹走的带有古教会斯拉夫语字母的纸带，把它从灌木丛中捡了回来。直到入土前的最后一秒，父亲的人生仍然如此荒诞，悲惨，而与此同时，他似乎又一次从棺材包裹中解脱了出来，置身于开阔的天空下，回归自然，融入风雨，纵入所有社会和制度之外的自由之中。

不知从何处传来一阵若隐若现、机器一般的声响。我环顾四周，什么也没有发现。我抬起头，在我们正上方有三只白天鹅正飞过墓地，它们厚重的翅膀伸展着，挥动着，发出机器般的巨大呼啸声。我从未见过天鹅飞得这么高，它们可能来自莱茵—美因—多瑙运河，正飞往另一处水源地。就在墓地工作人员再次掀开棺材盖的一瞬间，它们好似从天而降一样出现在我们头顶。也许它们帮难民楼背后的雷格尼茨河给父亲捎来一个秘密消息，也许它们是在向他致意。

我赶紧又拍了几张照片，仿佛在最后一刻我还能记录下父亲的生命，还能捕捉到他在这世上的一些东西。然而，当我一周后取回冲洗好的照片，上面什么都没有。一片空白。